青木繁とその情熱

――黄泉比良坂に引きずり込まれた悲運の画家――

かわな　静

青木繁

現在の布良漁港

青木繁「海の幸」モニュメント
布良の海をのぞむ高台

（2011年3月11日写す）

青木繁とその情熱

―黄泉比良坂に引きずり込まれた悲運の画家―

もくじ

一　下級武士の子

明治十五年七月十三日、青木家に長男が生まれた。名前を繁とつけた。青木家が繁栄するようにという思いからである。

父廉吾は、有馬十二万石の大名に仕える下級武士のさらに二男であった。明治になって、徳川幕府も崩壊し、殿様も家来もなくなって、これからどうするかはまったく混迷していた。

廉吾は、気性がはげしく、西郷隆盛に加勢して、西南戦争に出陣しようとしたそうである。そういうほどであったから、親戚とも仲が良くなかった。

代言人という仕事をして、はじめはうまくいき、仕事も多忙で、金回りもよかった。そんなころ、繁は生まれたのだった。

つる代という姉がいた。三歳上の明治十二年生まれ。

父は、繁を高級官僚にするのが願いだった。
下級武士の惨めさを身にしみて感じていたからだ。
それで、繁の教育にはことさら熱心だった。

自画像　石橋財団　石橋美術館蔵

繁は、生まれつき身体が大きく、また、のみこみの早い子だった。

「繁に、学問をつけよう」

父廉吾は、四歳になったばかりの繁を呼びつけ、机の前に座らせた。

「学問を学ぶには、まず、心構えだ。いいか、礼に始まり、礼におわる」

口やかましく、たちいふるまいを強制した。

怖い父の前で、ちょこりと座っている繁を、つる代は、かわいそうに思った。

「かあさん、しげるはだいじょうぶかしら」

「父さんは、繁をお役人にしたいのよ」

「もう、遊びに行かれないの」

「一日中、勉強するわけではないから、遊べますよ」

しかし、廉吾は、仕事がいそがしく、繁を教えることは思うようにはできなかった。

「よかったね、しげる。川に遊びにいこう」

つる代は、繁を連れて、出かけた。

夕方、つる代と繁が手足を泥だらけにして帰ってくると、廉吾が、縁側で待っていた。

「わしのいないときは、おじいさんに頼んだから、勝手に遊びに出てはいけない」

繁は、だまって廉吾を見た。

「はいと、返事をせい」

繁は、素直に、はいと言わなかった。

すると、廉吾は、いきなり薙刀をかつぎだして、繁に切りかかったのだ。

父も父、繁も繁、繁は、廉吾をにらみつけて、動かない。

「子どもに本気で切りつけるものがありますか」

母のまさよは、血相を変えてとんできて、繁をつきとばした。廉吾は、刃物を投げつけた。

繁は、幼いながらも、殺されるという緊迫感を感じた。

「父さんの言うことは聞くものです」

まさよは、繁によくいってきかせた。繁は、ひきつったように震えていたが、まさよにだかれても、泣きださなかった。

やってきた祖父は、まさよの父である。この祖父も、廉吾におとらず、厳格な男だった。

「たたみの上では、ねむくなる。縁側の板の上に机を出しなさい」

と、命令した。

祖父は、縁側の板の間に繁を正座させ、漢文の素読をやらせた。

「繁、おまえは、偉い人にならなくてはいけない。昔から、偉くなる人は、志を持たなくてはいけないのだ」

祖父は、まだ、志というものもわからない繁に、繰り返し言う。

友だちが、遊ぼうと縁側まできてるのに、祖父は、繁を机の前に正座させ、漢字で書かれた本を開くと、

「わしの言うように、大きな声で繰り返せ、よいな」

と、友だちを見向きもしないで言うと、

「子のたまわく、性、あいちかし、習い、あいとおし」

聞いたこともない言葉で、声高く読んだ。繁も、しぶしぶ祖父の言ったとおりに繰り返した。

（孔子という偉い方が教えている。同じような力を持って生まれても、勉強をしていろいろ学べば、学ばないものとは大きなちがいができている。

学ぶことはとても大切である、という教えである。）

「しのたまわく、せいあいちかし、ならいあいとおし」

「もっと、大きな声で、腹の底から、出すのだ。

もう一度、やる」

「子曰く、性、相近し、習い、相遠し」

「しのたまわく、せいあいちかし、ならいあいとおし」

繁は、祖父の声に習って、意味もわけもわからないまま、繰り返した。祖父は、何回も繰り返し、言わせた。繁がそらで云えるようになるまで一つの文を言わせるのだった。

このように、繁は、遊びに出ることもできないまま、毎日論語を習ったのだ。

廉吾は、満足だった。新しい政治の行く先も、まだはっきりとつかめないが、学問をしたものが、身分に関係なく偉くなれる時代であることは、確かであった。

薙刀の成敗を受けた繁は、廉吾をきらって、姿を見る前に逃げ出していた。

「小心者が！」

廉吾は、伯父に繁の学問はまかせて、代言人の仕事にいそがしく働いていた。


明治二十年九月、繁は、荘島尋常小学校に入学した。五歳になったばかりだった。

農民の子と、士族の子がいっしょに勉強するようになったのだった。新しい国になっても、武家出身は、士族ということで、百姓と区別されていたし、ほこりを失ってはいなかった。新しい国への不満もたくさんかかえていた。

繁は、そんな大人たちの気持ちを感じていた。

学校で勉強する前に、繁は、読み書きが十分にできていたから、仲間の同級生とくらべても、繁の学力は、ずばぬけて優秀だった。

繁は、漢文だけでなく、どの教科もできた。

祖父との勉強は、続けられていた。

また、繁は、絵を描くことが好きだった。

二　生涯の友人

荘島尋常小学校は、四年までで、久留米尋常高等小学校に通うようになって、坂本繁二郎と、知り合うことになる。

繁二郎も士族の出だった。

繁二郎は、自分から話しかける少年ではなかった。繁が繁二郎に近づいたのは、繁二郎が絵を得意としていたからだ。

友人が、繁二郎をかこんで、かれの描く絵に感嘆しているのを、繁は遠巻きに見た。そして、声をかけるようになった。

「きみ、絵が上手いね」

「繁二郎は、絵を習っているんだよ」

取り巻きの友人が教えてくれた。

「繁二郎は、絵描きになるんだって、な」

繁は、ショックをうけた。なぜって、荘島尋常小学校では、なんでも一番だったから。絵だって、得意になって描いてみせていた。だのに、繁二郎という敵が出現したようだ。

それも、将来の夢まで持っている。

繁二郎は、色白の背の低い少年だった。父は早くに病死した。兄がいたので、繁二郎は自由な進路が許されたが、突然兄が、病死してしまったのだ。

母一人、子一人。お金のないのは目に見えている。

繁の家でも、父は仕事の関係から、負債をかかえこんで、このごろでは、生活もきりつめている。それにくわえて、一義七歳、たよ四歳と手のかかる妹のほかに、義雄が生まれた。勉強をみてくれていた祖父母は、病気がちになった。

「うまいなあ」

休み時間になると、繁二郎のまわりには人だかりができる。見ると、武者絵などをさらさらと繁二郎が描いてくれるのだ。

負けん気の繁は、取り巻きを取られてしまって、寂しくてしょうがない。

家でも、ちやほやと甘やかしてくれた祖母がいなくなったし、母は、赤ん坊の義雄につきっきりだ。

「繁二郎は、画塾にいっているそうだよ」

と、級友が教えてくれたが、繁は、絵を習おうとは考えていなかった。だが、繁は、絵には好みがあった。好きな画家も決まっていた。その画家の絵を切り抜いて持っていた。

厳格な廉吾に見つからないように、机の引き出しに隠していた。

繁二郎が早くから絵の習いごとを始めていて、高等小学校二年（今の小学校六年生）のとき、森三美《みよし》の画塾に通いだしたときにも、繁はまだ、絵を勉強する気にはなっていない。

繁たちが四年生になったとき、森三美が図画教師として、高等小学校で教えてくれるようになった。森三美は、西洋画を学んでいたので、今までの模写だけの勉強とちがって、当時としては珍しいイギリスの習画帳を見せて、学習したので、絵に興味を持つようになった生徒が多くいた。繁も、同じであった。

もともと絵の好きだった繁は、やみくもに絵を習いたいと思い、森画塾に通うようになった。しかし、絵を習っていることは、父には極秘であった。

「先生、描けました」

みんなが下絵をまだ描き終わらないうちに、繁は、色まで付けて、見せに歩き出す。

「歩きまわらずに、落ちついて描けよ」

注意されても、ききめはない。二枚目の絵もさらさらと描き上げる。絵の具のついた指で、ほかの人の画用紙にさわったりする。繁が歩き出すと、みんなが顔をしかめて、警戒するが、繁は、気にする様子はない。他人を見ていないようなうつろな目をしている。

繁二郎は、そんな繁をおかしな男だと思う。

繁の絵も、きれいな絵ではない。絵は、美しくなければと思う繁二郎にとって、繁の絵に対する態度は、不快であり、不可解だった。

明治二十八年に久留米尋常高等小学校を卒業して、繁と丸野豊は、久留米中学明善校に入学する。しかし、繁二郎は、学費がなく中学にはいけなかった。

絵を学びながら、生活も助けていくには、小学校の教師になる道もあった。繁二郎は、母の苦労を考えて、無理なことは、しなかったのだ。

繁は、中学で菊竹淳、梅野満雄などとも知り合って、新しい興味にめざめた。

梅野満雄は、文学書を読んでいた。

新しい小説がおこり、新しい詩も生まれていた。

「おれたちも、文芸同人誌を発行しようではないか」

梅野は、繁も誘って、回覧文芸同人誌をつくった。「画藻《がも》」という雑誌だった。

繁は、その仲間のあつまりにでているうちに、文章と挿絵に夢中になった。

ほかの者より興味をもち、熱心に取り組む繁だった。

学校での絵の評価はよくなかったが、繁は、自分は、絵の才能があると信じ、自己流の絵を描きまくっていた。

過剰の自信が、繁をとらえていた。

「絵や文学もいいけれども、学校の勉強もしっかりやらなければ、卒業ができないぞ」

梅野は、繁の熱の入れ方に、不安を感じた。

案の定、繁の成績は、下降してきた。好きなことは、熱心に取り組むが、嫌いなものは、見向きもしない。

数学の授業中に、繁は、教師といさかいを起こし、テストを放りだしてしまった。

「落第点を取ってもいいのか」

繁は、聞こえないふりをして出ていった。

繁は、梅野に紹介された島崎藤村の『若菜集』をむさぼり読んでいた。

日本に新しい文化が起こっているのが、東京から離れた久留米にいてもわかった。

落第することは、明善校では、そんなに珍しいことではなかったが、気位の高い繁は、落胆した。

繁は、歴山大帝（アレキサンダー大王）にあこがれ、自分もそのような人生をおくるには、どの道を選ぶのがよいか、真剣に考えた。

アレキサンダー大王とは、ギリシャの北の小さな国の王だったが、大きな志をたて、世界国家を築こうとして、インドの近くまで攻め込んだのだ。占領した土地に都市を築き、自分の名前をつけた。ヘレニズム文化という輝かしい時代を築いた王様だった。

繁が、将来の自分の進むべき方向を真剣に考えたのは、三年生のとき、落第点を取って、四年に進級できなかったときだった。

「日本で後世に名を残せるような仕事は何か」

繁は、いろいろ考え、自分の適性も考えると、絵描きになろうと決心をする。

繁が、このように、絵描きという仕事を、男一代の最大の名誉ある仕事として選んだのは、このころまでに、繁が、たくさんの本を読んで、芸術のこと、人間いかに生くべきかということを、真剣に考え、思索したことを現している。

生涯、『仮象《かしょう》の創造』にこだわり、描き続ける源流は、この少年期に形成された。

（『仮象の創造』というのは、今で言う芸術のことで、人間だけが、芸術を生み出し、その喜びを感じることができるとハルトマンのいう思想である。）

画家として身を立てたいと、決心をしたが、父に話しても、許してくれるわけがなかったので、繁は、母のまさよに打ち明けた。母は、驚かなかった。

母のまさよは、趣味の豊かな家に育っていた。しかし、頑固者の廉吾にきりだすことはできかねた。

　繁は、待ちきれずに、父の機嫌のよさそうなときをみはからって、

「自分は、美術を学びたいのです」

と、打ち明けてみた。案の定、父廉吾は、

「美術とは、なんだ。武術だろう」

と言って、とりあわなかった。

　小さいときから、何かと世話をやいてくれた母方の祖父母が、このころには、亡くなっていた。

　繁は、意識的に、父に反発したり、家族ともめごとも多くなった。

　明治三十二年、繁は、また、数学の点数がたらなかった。このままでは、二年連続の落第だった。

　繁は、自分の進む道をきめて、もう、二月に明善校を退学してしまった。

　不登校が、二ヶ月、三ヶ月となると、まわりも騒ぎだす。

「繁さんは、どうしたんですか。具合でもわるいんですか」

「いや、なんでもありませんや」

「なんでもないことはないでしょう。あんまり勉強させすぎて、気でも狂ったんじゃないの」

まさよは、気が滅入ってしまう。

繁は、学校に行かず、文学書をよみふけったり、絵を描いたりしていた。

本当に、廉吾も困った。

「みっともない。いい若いもんが、何もしないで、家でごろごろしていられたら、恥になる」

廉吾が文句を言おうとすれば、繁は、逃げ出してしまう。

「本当に、気でも狂ったのか」

伯父が尋ねてきた。

繁は、計画どおりに進んでいるので、呼び出されたら、にこにこして、伯父の前に座った。

「なぜ、学校に行かないのか」

「絵の勉強がしたいのです」

「学校を出てからだって間に合うだろう」

「落第したし、卒業はもっと先になってしまう。早くやりたいのです」

「どのように勉強するのか、考えているのか」

「はい、東京に出て、しっかりした先生について、絵の勉強をしたいのです」

「長崎とか、京都ではなくて、あんな果ての東京か」

「東京には、絵を教える学校もあります」

繁がきちんと伯父と話すのを知って、廉吾も、一安心した。

「仕方がない」

廉吾は、兄にお礼を言って、繁の東京行きを許した。

それには、黒田清輝《せいき》という鹿児島出身の子爵の青年が、フランスから絵を学んで帰ってきたという話を、聞いたからだ。

画家でも、ことによったら、出世できるかもしれないということだ。

明治三十二年五月、繁は、いよいよ、東京に向けて、久留米を出発した。

不登校などどこ吹く風、繁は、仲間をホームに残し、はればれとした顔を向けて、手を降った。

「大丈夫なのだろうか」

梅野満雄は、繁の楽天的な決断を信じられなかった。

「淋しくなったら、これを読むんだ」

と、繁は、ふところに入れた藤村の「若菜集」を梅野に見せた。

三　西洋画家をめざす

さて、このころの日本の絵画の流れはどうだったのだろう。

江戸幕府が鎖国をしていたために、洋画技法は民間に知られていなかった。明治になっても、日本人で洋画を教えられる人がすくなかった。

明治九年に、はじめて官立の美術学校ができ、外国人をやとって教えた。

王立トリノ美術学校教授のアントニオ・フォンタネージが学校の経営にあたった。イタリアの美術家が絵の具や画学書なども持ち込み、正式の洋画教育をした。

しかし、七年後の明治十六年には洋画教育は廃止された。

岡倉天心とフェノロサの意見を、政府が、真に受けたのだ。

岡倉天心のは、日本画の伝統があぶなくなると考えたのである。

明治十九年から二十年にかけて、岡倉天心とフェノロサは、美術調査委員として欧米を視察し、洋画を学ぶことは必要ではないという報告書を提出した。

さらに、東京美術学校の設立についても、二人が中心になったため、日本画科だけで、洋画科はなかった。

天心は、美術学校の制服を、奈良朝時代の着衣にしたという。

このような世相なので、洋画の私塾も解散したところがほとんどだった。

しかし、外国に絵画を学ぶために留学していたものが帰国し、美しい西洋の絵画を次々に紹介し、展覧会も開くようになった。

中心になったのは、黒田清輝である。

政府も、二十九年に、ついに東京美術学校に西洋画科をおいた。そして、黒田清輝を主任教授にしたのである。黒田は、この年、白馬会を起こした。黒田清輝は鹿児島薩摩藩士の子として生まれ、のちに叔父の子爵の養子になったエリートだった。

繁は、同じ九州出身の黒田清輝が、法律を学びに外国に留学したのに、西洋画家として帰ったことに、おおいに刺激された。

繁は、知人縁故もまったくない東京に、十六才の若さで身を投じたのである。よほどの自信と信念がなければ、決行できない。

しかし、見方によれば、楽天的な性格ともとれる。将来の見通しは、空想で、無計画、なんとかなるだろうというわけだ。東京では、深川木村町の野村宅に身をよせた。

繁は、七月十四日に小山正太郎の不同舎という画塾に入門する。

今の東京と当時は大変に異なる。江戸幕府があったとしても、殿様の屋敷と、大名旗本の家は、りっぱだったかもしれないが、農家もたくさんあり、田や畑が広がっていた。外国の文化の取り入れ口は、長崎だったので、九州の方が進んでいるくらいなのだった。

西洋画を教えるところなど、あまりないわけだから、

「不同舎という画塾がここら辺にあると聞きましたが」

と声をかければ、

「ああ、金にもならねえ絵なんか教えるところかい。世の中も変わったもんだ」

そんな見くびった言い方をしながらも、あごをしゃくって教えてくれる。

「若いの、おめえも、絵を習うのかい」

繁は、その男の頭の上から、どなりつける。

「絵は、芸術だ。りっぱな芸術だ。男がいのちを賭ける価値がある」

不同舎で学ぶのは、あくまで、東京美術学校に入学するための準備だった。

不同舎には、絵を学ぼうとしている若者が、画架を立てて、デッサンをしている。

繁は、久留米で、森三美に絵を習っていたから、絵の基礎はできていた。初歩からやるつもりはない。東京は、文化が進んでいると思って期待していた繁は、いささか落胆した。明善校時代に、梅野たちと文学書、哲学書など読み、いっぱしの文化人気取りだった。

「絵の具を飛び散らせないで描いてください」

繁は、絵の具の着いた筆を持って、たち歩いたりするので、女の画学生に文句を言われた。繁は、かっとなって、その女をにらみつけた。

（なんだ、下手な絵を描いているくせに、文句は一人前だ）

女といっしょに勉強したことのない繁は、腹立たしかったが、口に出しては、言い返せなかった。東京の女は、ことさら身だしなみに気をつかっている。そんな女が、男の中に入って絵を習っているのは、異様に見えた。

油絵の具は、布に付着すると、きれいにとれない。

繁のふるまいは、野蛮なクマソの子孫かのように見られた。勘のいい繁は、その冷たい視線に堪えられない。

繁に対する蔑視は、板の廊下でたたきこまれた論語の精神にも反する。高い理想を持っているものは、身なりなどによってさげすまれてはならない。

繁は、どのように抗議しようか考えた。そう思うと、もう、後先のことは頭にない。モデルを立たせる台に上り、島崎藤村の詩、「初恋」を語った。

「まだあげそめし　まえがみの
りんごのもとに　みえしとき　…………………」

繁は、自分の教養を、こんな形で自慢したのだった。

繁の詩の語りは、唐突だったので、絵を描いていた男たちは、苦い顔をした。

しばらくして、女性が、あきれたように笑った。

「劇場で、唄われたら、よろしいのに」

「でも、よく藤村の初恋などを知っていらっしゃるのね」

息のつまりそうな気分が、いくらか楽になった。

繁は、おかしなことをしながらも、絵のデッサンは、熱心につづけていた。

繁は、絵を描くだけでなく、文章を書くのも、おっくうがらなかった。東京での様子など、久留米の母に書いたり、梅田満雄にもまめに書いていた。

繁の手紙は、用件だけではなく、身の回りのことや、自分が感じていることなどを、楽しそうに知らせた。久留米では、繁が東京で元気にしていることで、安心していた。

廉吾の仕事は、思うようにいかなくなってきていた。送金が滞るようになった。

不同舎に通い出してから、高村と哲学館裏に住み自炊した。

繁は、はじめから合理的というか金のかからない生活を工夫していた。

上手に近づいて、友人の下宿に同宿してしまう手を身につけた。

いっしょに住むと、自分の才能をひけらかして、鷹揚にふるまうので、嫌われた。

高村ともうまくいかず、間もなく別れて、千駄木林町に移る。

明治三十三年四月、繁は、東京美術学校洋画科選科に入学する。十七才になっている。同時入学者は七人いた。教授は、黒田清輝だった。

黒田清輝は、すでに押しも押されもしない洋画の大家だった。

希望どおりのコースに進めたのに、また、美術学校でも、繁は、おかしな振る舞いをした。おとなしくしていたのは始めだけで、ぶしつけな、身勝手なまねをする。教えてくれる教授の黒田清輝に対してまで、同じように振る舞うのだった。

教室で絵を描いているとき、黒田清輝が部屋に入ってきて、学生の絵を見てまわる。すると、繁は、すくっと立ち上がり、がたがたと、戸を開け出ていってしまった。

先生の指導は受けませんという仕草ととれるのである。

みんなは顔を見合わせ、心配そうに黒田清輝を見る。冷たい空気が流れるが、さすがに、清輝は、何事もなく巡回して、教室から立ち去る。と、繁は、何食わぬ顔をしてもどってくる。

「黒田先生に指導をしてもらわなければ、美術学校に来ている意味がないではないか」

たまりかねた友人が責めると、

「清輝は、古いんだ、洋画はどんどん新しくなっているのだ」

繁は、こともなげに言い切る。

黒田清輝は、繁を子どもじみたことをするというくらいにしか、感じていなかった。繁の才能は認めていた。同じクラスの熊谷守一、和田三造も才能を見せて、黒田清輝に目をつけられていた。

しかし、繁は、真剣に、黒田清輝をこえるような画家になるには、どうしたらいいのかと考えていた。黒田の権威と、技能に。

黒田清輝に習いだしてから、手法などが変わってきたのを、繁は気づいていたから、なおのこと反発したのだ。それほど、黒田清輝は大きな存在だった。

黒田清輝をこえなければ、日本一の画家にはなれないと、繁は考えていたのだ。

繁は、上野図書館に通いつめて、読書に精をだした。日本で認められる画家になるには、日本民族の真の姿を知らなければならない。中国の思想や、仏教や、西洋の宗教などに感化されない日本の古来のもの。それを知るには、古事記、日本書紀、万葉集などを学ぶことだと気がついた。

本を買うお金などない繁は、図書館こそが宝の山だと、やみくもに読んだ。このとき役だった読書力は、幼いとき、父や祖父に厳しく鍛錬された、漢文の音読だった。

繁は、海外の美術論書、芸術論なども読みあさった。

「おれの画にはだれもついてこれない。おれは、すごいんだぞ」

と、えばりちらす傲慢な態度の裏付けとして、知識を身につけた。

インドの古典にも興味を示し、サンスクリットも習いたいと思っていた。

繁の父の廉吾は、そのころから、病気がちで、収入が少なくなり、繁への仕送りが途絶えてしまう。繁は、貧乏をあまり苦にせず、友だちの家をわたりあるいて食いつないでいた。絵の具なども、他人のものを勝手に持っていってしまう。

明治三十三年九月、明善校時代の親友梅野満雄が上京し、早稲田大学文学部に入学する。梅野は、早稲田大学文学部の第一回生になった。

繁をさっそく訪ねてくる。

繁は、どんなにうれしかったか、想像にあまりある。

心から信じあえる友、何かとやさしく援助してくれる友。そんな友が遠い久留米から、上京してきたのだ。地獄に菩薩がやってきた。

「おまえが東京で勉強しているので、勇気を出して来たよ。文学を勉強するには、作家のいる東京だものな」

梅野は、久しぶりに会う繁を見て、驚くのだった。

よごれたままの長着に、ほころびた袴《はかま》。

汗でよごれた身体、ぼさぼさな髪、ひげ、何日も風呂にはいっていないのだろう。

「何かうまいものでも、食いにいこう。でも、その前にふろ屋だな」

梅野は、繁をつれだした。繁は、きたない身なりに悪びれる様子もない。

「坂本はどうしてるかな。画家をめざすのなら、東京にでなければと勧めたんだが、その気はなかった」

繁は、家からの仕送りがなくなったのを、梅野にも話さなかった。

梅野は、繁のかっこうを見て、それとなく察しがついたが、つっこんだ話はもちださなかった。

四　苦学の日々

繁は、上京して二年目の明治三十四年の夏に、突然帰郷する。

学校が夏休みになっただけの理由ではなかった。ホームシックにかかったのでもない。下宿代は払わないで、その金を帰郷の費用にしたのかもしれない。

家に来ても、東京で苦労していることなどは話さなかった。母は、繁が大きくなって、男らしく成長していることを喜んだ。

「肖像画を描けば、金には困らない」

と、かっこいいところを見せた。廉吾は信用した。

母は、繁のよごれた着物を洗ったり、繕ったり、また、伯父の要らなくなった物などを取りそろえてやった。繁がぎりぎりの生活をしているのは、母は感づいていた。

肖像画を本気に描けば、お金に困ることはなかったが、繁が熱心に肖像画を描いていたわけではない。乱雑だったので、頼まれなかった。もし頼まれたとしても、完成させず、いつまでも放っておくというしまつだった。

「おれは、芸術的な絵しかかかない」と、友人に話していた。繁は、気の向かないことに時間をかけることを嫌った。写生に熱中したり、図書館で勉強したり博物館に通っていた。

廉吾は、お金に困っていたので、繁に、

「稼いだ金をいくらかでも、家に送れないか」

と、頼んだほどだった。

繁が見栄をはっていたのは、気がつかなかった。親を心配させないようにという気持ちとは別である。父に対するライバル意識からだろう。

繁は、同級だった友人の丸野豊を訪問し、

「梅野も東京で勉強している。東京でなければ、だめだよ」

と、しつこく説得し、東京につれてくる。帰郷の目的はここにあったのかもしれない。

坂本繁二郎にも説得をしたが、坂本は、家の事情を苦にして、誘いに乗らなかった。

帰郷の成果はあった。一応、丸野豊を説得できたので、繁は、目的がかなって、東京に帰った。

同郷の、気の知れた友が近くにいることは、何かと都合がよかった。

丸野豊は、温和な人柄だった。

丸野は、東京美術学校に、九月入学する。繁より一年遅れだった。

明治三十五年五月、繁は、徴兵検査のために、再び、久留米に帰る。

妙泉寺で受けた徴兵検査は、近視性乱視の、甲種不合格だった。

坂本繁二郎も、徴兵検査で甲種不合格になった。坂本は、背が規準より一センチ低かった。

今度の帰省でも、繁は、坂本繁二郎に上京を勧めた。

今度は、美術学校で習ったデッサンなどを、得意気に見せた。

「これは、能面のデッサンだ」

デッサン力が、歴然とわかるのは、なんといっても、顔の表情である。能面の微妙な陰影が、見事に捉えられている。

坂本は、以前の繁の技量については、問題にしていなかった。しかし、この能面や伎楽面のスケッチ絵を見て、がく然となった。

「東京に行ったのは、三年まえの五月だったね」

「これは、博物館の特別展示を見にいって描いたんだ。東京には、勉強する場がいっぱいあるよ。おれは、上野図書館にも通っている」

「いいね」

坂本は、繁の誘いをうけ、東京に出ようと思うようになった。繁は、絵の根本が、はるかに上達して、素晴らしい。東京に出なければ、本物の絵描きにはなれないと気づいた。

「待っているから、母上とよく相談したらいい」

繁は、手応えを感じて、喜んだ。

坂本は、母との二人暮らしだったから、母を残して一人にするのは気がすすまなかったが、上京したいと打ち明けた。母は、なんとかなるからと承知してくれた。

繁は、帰郷後、家の事情など気にかける様子もなく、写生にそちこちをかけまわる。

高良山、兜山から、南の矢部川の方まで足をのばした。

五月二十二日付けで、八女郡矢部から、東京の梅野満雄に、依頼の手紙を出している。

わたしの下宿から、絵の具や道具を持ち出してください。

わたしに、新しい絵の具とワットマン紙三四枚を大至急送ってください。

このような内容だった。この手紙の意味することは、
部屋代を払わないで、ためているから、もうその宿にはわたしは帰らない。満雄が持ち出すのなら、家主は怪しまないだろう。絵の具は、差し押さえられては高価な物だから損が大きい。わたしは、もうその下宿には行かないですませたい。ということだ。しかし、そんな詳しいことは書かない。書かなくとも、梅野はわかっていた。

繁は、下宿代が払えないで、夜逃げのように、何回も下宿をかえているのだった。

八月末、繁は、坂本と、帰京した。今回も、半年以上下宿代は払わないことになる。そのころには、東京まで全線鉄道が開通されていた。五十二時間かかった。

坂本は、繁の紹介で、不同舎に入門した。不同舎の画学生は家から仕送りしてもらっ

ているものは、一人もいなかった。みんな夜働いて、生活費や画の道具などを買っていた。

坂本も友だちの紹介で、上流階級の肖像画を描く仕事でいくらかの収入をえられた。坂本は、繁に追いつきたいという思いで、しばらくすると不同舎の仲間と暮らしていた家を出て、追分町の繁と同宿する。

坂本も落ちついたその年の十一月十日、繁は、

「坂本が、上京したので、幼なじみ三人がそろって東京で画の勉強ができる。三人が立派な絵描きになれば、久留米が日本のルネッサンス発祥の地ということになる。めでたい」

と上機嫌だった。

「坂本が決心をした記念に、三人で、野外スケッチに出かけよう。秋の妙義山はすばらしいから」

写生の好きな繁は、二人を誘って、出かけたのだった。

宿は、中の岳の社務所の二階を借り、麓の農家から米を買って自炊だった。

繁の作品は、単なるスケッチではなく、完成した作品のようだった。

「神賽妙義」「妙義山麓」「落葉径」「金洞第一石門」など、一ヶ月の間に休むひまもおしんで描いた。

坂本は、繁の絵の技能に圧倒された。卑屈になる自分をなんとかふるいたたすのに懸命だった。

「これで帰るのはおしい。ここまできたのだから、軽井沢から、小諸の方までまわってみないか」

と繁が、提案した。言いだしたらきかない。年の暮れだというのに、丸野も、坂本も、仕方なく繁の提案のように、軽井沢、追分などをスケッチして、小諸の町に出た。

鶴屋に投宿した。

千曲川のほとりでスケッチをしていると、不同舎時代の先輩の丸山晩霞《ばんか》に声をかけられた。

「君は、青木繁君ではないか」

「あっ、丸山さんですね」

「やっぱりそうだった。久しぶりだったな。わたしは、小諸義塾で絵を教えているのだ。遊びにこないか。ごちそうするよ」

三人は、思いがけないことで、小諸まで来たことを喜びあった。

丸山は、藤村に会わせてやろうと約束したのだった。

繁の尊敬するあの「若菜集」の詩人ではないか。

「ぜひ、お願いします」

三日後、丸山は、藤村と、三人が泊まっている鶴屋にやってきた。

その夜、繁は藤村をひとりじめして、詩について語り明かした。

藤村三十一才、繁二十才の青春だった。


この鶴屋でのおかしな話を、坂本は叔父に宛てて書いている。

「わたしたちは、東京の名ある画伯である。と宿帳に書いたら、宿の主人は大変に感激した。

朝晩平身低頭挨拶に来る。しかし、紙のえりなどや、汚い身なりを見て、無銭旅行者と知れてしまい、これ以上泊まるのはやめてくれと言いだした。

わたしたちは、どこへ行けるものでもないので、ここの中学校の教師の藤村や、丸山晩霞とも知己であると話し、折り合いをつけた」

本当に、丸山や、藤村がやってきたので、宿屋の主人も、三人を追いださなかったが、やはり、数日後には、清算して立ち退くように厳命した。

「払えないのなら、絵も絵の具道具も、預からせてもらいます」

「仕方がない、送金の依頼を頼んでくる」

坂本が言う。丸野も出ていった。

繁は、故郷に送金願いなど出せるわけがなかった。

坂本には叔父から、電報為替が届いたが、中の岳の社務所の方だった。

丸野は、東京だった。

しかし、事態は、もっとひどいことになった。

中の岳社務所から、二十一円の宿泊料が請求され、東京の下宿も引き上げてくれというハガキが来た。

無計画な繁の行動につき合い、丸山と坂本は、さんざんな目にあわされた。当の繁は、金は一銭も出さず、一月四、五日までこちらにいると言って、同行しない。

繁は、小諸が気に入ったと言って、二人を帰し一人残った。

十二月十五日に繁は、中の岳社務所に着くだろう坂本に、手紙で、東京の下宿の自分の荷物の処分を依頼する。また、社務所に置いてある残留品を運んでいってほしいことも頼んだ。繁は、一月の四、五日に帰る予定だと、勝手なことを書いた。

この手紙を読んだ繁二郎は、まだ、繁の気ままな性格に気を悪くしていない。東京に来て、日が浅く、いろいろ繁の助けを必要としていた。

繁は、すべてがおさまったのを見計らったように、年の内に帰ってきた。

三十一日の夕方、繁は、梅野を迎えにいく。いっしょに年越しをしようと約束がしてあった。何もない繁の部屋を見て、梅野は冗談を言って笑うこともできない。

繁は、大家に蒲団まで取られてしまっていた。坂本に頼んでおいたのだったが、さすがに大家は、見抜いていた。逃げ出されないうちに未払い分の下宿代をと、蒲団を取り上げたのだ。

「ひどいもんだな」

「ああ、東京には、追いはぎがいるんだ」

「なんにもないとは、このことだな。何か食い物を買いに行こう」

暮れの町に二人は震えながら出かけた。

梅野は、酒と餅などを買って、もどった。

酒が回ると、繁は、とたんに元気になった。

「泊まっていくだろう」

「遅いしな。だけど蒲団なしでは、凍えちゃうな」

梅野の外套に二人でくるまって、寒い元日をむかえた。

明けて、明治三十六年。

梅野が買ってくれた餅がなくなるころ、繁は、梅野の下宿にころがりこんだ。

「しばらく、置いてくれ。下宿を逃げ出してきたんだ」

梅野が見ると、繁は、絵の具道具などいっさい持っていない。まるで、夜逃げだ。

「荷物をまとめていたら、おやじにつかまってしまう。わるいけど、君に取ってきてもらいたいんだ」

梅野は、繁の魂胆はわかっている。しかし、あまりに哀れな繁を見ると、大家とかけあうことにして、しぶしぶ、出かけていった。

滞納したいくらかの部屋代を払って、蒲団と、絵の具道具はもらってきてくれたが、繁の描いた絵は、押さえられてしまった。

繁の絵が散逸するはじまりだ。梅野は、繁の死後、散逸した絵を私財をはたいて買いもどす努力をすることになる。

梅野は、繁を田端の農家の安い下宿を紹介して移した。しかし、繁は、そこで飲まず食わずの生活しかできず、気遣って訪ねた梅野に救われた。冬の寒さの中、焼き芋しか食べていなかった。梅野が訪ねたときは、二日も食べずに寝ていたという。

学校に着いた繁は、森田恒友をさがした。繁は、森田を不同舎で知り合い、美術学校に入学をすすめたのだった。森田は、繁より年は上でも、学年は下だった。繁は、森田を気に入っていた。

「森田、おれといっしょの下宿にすんでくれないか。話し相手がいないとあじけないよ」

繁は、言葉巧みに森田を誘った。繁がいくら森田を気に入っているからといっても、森田のほうでは、気乗りはしなかったが、繁は強引だった。

「今の田端は、農家だから暗いし、遠くて不便なんだ。千駄木町にいい家を見つけたんだ。君は絵のこともしっかり考えてるし、気心も知れている。頼むよ」

とうとう根負けして、森田が承知すると、繁はすぐに越してきた。

これからは、下宿代もかからない。飯だって森田の残りものですませられる。繁は、落ちついて絵に取り組むことができた。

久留米では父が寝ついたままになっていた。送金はおろか、いくらかでも家を助けるためにお金を送ってくれと、矢のような催促だった。

世渡りの下手な繁は、友人もなく、いっしょに下宿した友ともけんか別れしてあきれられているから、ますます孤独になっていく。森田のような話し相手がほしかったのも頷けないことはない。

後に繁の恋人になる福田たねが、不同舎に入門したのは、このころである。

福田たねは、胤が本名で十八才、栃木県芳賀郡水橋村の東高橋の呉服商、福田豊吉の二女である。豊吉は国学などを学んで、娘を東京に遊学させるほど理解のある人だった。

不同舎には、ほかに三人の女性が絵を学んでいたが、たねの絵を学ぶ姿勢は、ほかの女性にくらべて熱心だった。絵の具のよごれなど気にせず、絵を夢中でかいていた。

繁は、不同舎のモデルが変わる度に、デッサンに通っていたから、福田胤に会うことになる。

初めてたねを見たとき、繁は、目をしばたいた。

たねの大きな目に、吸い寄せられるような感覚を覚えた。

身体に、しびれるような電気が走った。

『あの女は、どうしてここにいるんだ。絵の中から抜けだしてきたのか』

繁は、かなしばりにあいながら、たねをぬすみ見た。

その日、気もそぞろに帰宅する。

繁の身体にえたいのしれない波が立ちはじめた。こんなことは今までになかった。言いたいことを言い、みんなの前で、朗々と詩を語ったりする繁が、調子を崩すのは、よほどのことである。

モロー、ロセッティーの絵から抜けだした女という印象なのだ。

繁は、不同舎に行くことが多くなった。みんながカンバスに向かっていると、いきなり絵の具を塗った。塗られた学生は、不快な顔をしたが、繁は気にもしていない。

「こう塗るのが、いいんだ。教えてやる」

と言いながら、たねの絵にも、手を加えるようになった。たねは、何も言わず、繁の腕前に感心しているようだった。

繁は、調子に乗って、描き上げてしまうこともあった。

このようにして、繁はたねに近づいていった。

明治三十六年、繁が転居した千駄木町の六畳の部屋は、金唐模様の襖で、久しぶりに御殿に入ったようだと、繁は喜び、制作にはげんだ。自画像を二枚描く。この下宿に正宗が訪ねてきたが、あまりに集中していて、繁は返事をしなかった。正宗も、繁の様子が尋常でなかったので、だまって帰ったという。集中すると周りが見えなくなるのだった。

窮乏のどん底だった繁は、梅野を訪ねては、食べ物や、着る物、風呂まで心配してもらっていた。梅野も、良く面倒をみてやっていた。

こんな窮乏の生活をしながら繁は、古事記や日本書紀の勉強をし、日本の伝説や、インドの神話をモチーフにした十数点の絵を描いた。

「黄泉比良坂《よもつひらさか》」は、イザナギが、死んで黄泉の国へいった妻のイザナミに会いに行って、汚れた姿を見られたと、イザナミの怒りをかい、逃げ帰る様子を構想して描いた絵である。現世との境には黄泉比良坂があるという古事記の神話である。命からがら逃げ帰ったイザナギを描いた。

白馬会第八回展が、九月に行われ、この年から、白馬賞が設けられた。

繁は、はじめて自分の作品を世に問うときがきた。描き上げた十数点を白馬展に出品したのである。

白馬賞作品「黄泉比良坂」　1903年　東京藝術大学大学美術館蔵

黒田清輝はかねて、

「知識とか、愛とか抽象的なことをテーマにした画材を、どう表現するか考えてほしい」

と学生に話していた。

「最も理想という点で、青木繁君の作品は、今までの白馬会の作品とはおおいに趣を異にしている」

と、青木繁の絵画を好ましいものとして見たのである。

美術学校では、黒田の授業もボイコットする、態度があまり良くない繁を賞賛したのは、黒田清輝の器の大きいことを示しているのか、二十数名いた審査官の意見によるのかはわからないが、しかし、黒田清輝の力は大きかったから、黒田清輝が認めないものが、賞を受けるはずはない。

写生画ではなく、構想画が受賞したことは、絵を学ぶ者にある示唆をあたえたいという黒田清輝の思いも、大きいのである。

繁は、まだ、学生であった。並みいる大家をしのいで、第一回の記念すべき白馬賞を、繁がさらったのである。

受賞が決まったのは十月八日。

たねは、繁の絵のすばらしさにほれこむ。そのようにして、繁とたねは二人で帰るというような、親密な仲になっていく。


秋十月、繁は、森田と別れて、曙町の下宿に移った。

このころ、繁は、すべてがうまくいっていた。

森田にかわって、坂本と安藤東一郎がいっしょに住んだ。

またここに、熊谷守一、和田三造、森田恒友、正宗徳三郎、村上為俊、などが集まって、「青木グループ」という画学生の集団をつくり、繁はリーダーになっている。

十二月には、久留米市出身の詩人、高島宇朗が曙町に住んでいたので、行き来するようになる。高島は風変わりな詩人だった。泉郷と名のっていた。本屋を煙に巻いて自分の詩集を出させたという。

岩野泡鳴に繁を紹介してくれた。

夜中まで三人は話がはずんだ。腹が空いたと、繁が言うと
「そばをごちそうしよう。近くにうまいそば屋があるんだ」

と、そば屋に連れていった。

泉郷は、運ばれた丼に、唐辛子をふりかけてまっ赤にしてしまった。

繁は腹が空いているし、このまっ赤なとうがらしは、どうしたものかと、よけてみたがどうにもならない。ふうふう言って箸にすくった。

「男だろう。辛抱して食え、おれたちは、芸術家だ」

泉郷はからかうが、そばの味などはしない。口の中はやけどしそうにからいが、繁は、なんとか食べた。

五　恋がみのって

繫は、福田胤と、連れだって帰るようになった。不同舎の仲間も二人の恋愛に気がついた。たねが繫を選んだことは、みんな驚いていた。

「たねと結婚しようと思うがどうだろうか」

と、坂本に相談したが、

「たねは、気が強いからよした方がいい」

という返事だった。

気の強い女は、好ましくないと忠告した。

坂本は、一度、たねから乱暴な目に遭ったのだ。

坂本にはとめられたが、繫は、たねに夢中になっている自分を、抑えることはできなくなっている。

それに、気の強い繁は、たねがそんなに気が強い女だとは思っていない。

坂本は、おっとりと育てられていた。母親もやさしかった。

それにくらべ、繁は、厳しい父廉吾にしこまれ、反抗したと言って、年端もいかない子どものころ、薙刀で突き殺されそうになった体験がある。

気性の激しさは、父親譲りだ。

たねがすこしくらい気が強そうだと、坂本が心配したとしても、繁には気にならない。

たねは、思いがけないほど絵の中の女に似ていたのだ。繁は、現実のたねを知る前に、たねの虚像に恋してしまったのだ。

初めてたねを見たとき、繁は、身体に電気のようなものが走ったのを感じた。

恋というものは、実際、いつでもそういう傾向にある。勝手な空想で恋をするものなのだ。

繁は、空想の中に生きているようなところがある。

たねは、うすよごれた汚い繁に好意をよせてきた。それは、繁の画家としての資質に尊敬の念を抱いたからだ。たねは、お金持ちのちゃらちゃらした才能のない男よりも、苦しくとも、努力している男に好意を持った。

繁は、仲間のだれもが手にできなかった白馬賞を与えられた。前途有望な青年なのだった。二人の恋は、お互いの人間性を理解した上での恋ではなかった。理想化した虚像の中に恋を実らせた。

明治三十七年二月、日露戦争が始まり、日本の中には、重々しい空気が流れた。日本は、この戦いに勝ち目が少なかったという。ロシアは強大な国である。無鉄砲な戦争が開始されたのだ。

画家の仲間は、従軍報道のため、戦地に送り込まれた、繁の仲間の画家も、戦地に出かけたものがいた。繁は、兵隊検査にも不合格だったが、戦争への関心も示していない。

七月四日に、繁は、東京美術学校を卒業した。

卒業すると、仲間は、郷里にもどり、美術関係の仕事をしたり、中学校の画の教師になったり、就職をして収入を得る。

しかし、繁は、就職を希望しなかった。郷里で父が働けないのを知っていながら、

美術学校卒業記念写真　1904（明治37）年6月
繁　後列　左より2人目

職に就くと、自由に絵が描けなくなるというのが理由であった。
お金がなければ、生きていけないということは、考えなかったのである。

六　「海の幸」布良《めら》で誕生

画家としての第一歩。

晴れて美術学校卒業。この記念すべきとき、気持ちが高揚していた繁は、制作旅行を計画する。場所は、房州布良。

かねて、久留米の詩人泉郷から、房州布良は、ことさらに美しい海岸であると聞いていた。泉郷も布良に足を運んだことがあった。

繁は、その美しいという海岸で、古事記にちなんだ絵を描きたいと思っていた。卒業の十日後には、出かけたのだから、早くから、布良行きを計画していたのだろう。同行するのは、気の合う坂本、森田に、なんといってもたねを誘うことである。たねは、繁と二人なら、はいとは言わなかったろう。四人で行くので、同意したのだ。坂本と森田は、ついでということだったろうが、繁が盛んに美しいところとほめるので布良行きを、承知したのだろう。

森田は夏休みだった。

当時、房州に行くには、汽船を使うしかなかった。道は、山越えありで馬でもなければ容易なことではない。

東京近辺は、鉄道が通じていた。房州は山が多いので、トンネルを掘らなければ鉄道は通せない。

隅田川岸の霊岸島《れいがんじま》から館山までの内房《うちぼう》汽船と、勝浦へと廻る外房《そとぼう》汽船が運航していた。

汽船の運航路は、一便一便違っていた。一番船だけが客船で、あとは専用客室のない荷物運搬船で、寄港も横浜、横須賀、浦賀、を一日一回通過するように組まれていたから、発着時間を調べて、寄港箇所を調べて乗船しなければ目的地につけなかった。

それでも、東京と館山を、七時間くらいでつないでいた。房州の港は全部寄港している。

繁たちは、霊岸島を夜の十時発の最終便に乗った。船の中で夜を明かし、明日の朝、五時に館山に着く予定の便である。

七月十六日に館山海岸についた。

館山と言うけれど、北条海岸は、松林の美しい保養地として、東京の人々に知られていた。

夏の避暑、冬の避寒、肺病患者の療養地にもなっていた。

繁たちは、北条海岸で休み、かき氷を食べている。

泉郷は、布良の柏屋旅館を紹介してくれた。館山港から十二キロの道を歩いた。当時は、道も狭く、周りは木々が茂っていたから、布良に着くまでは、さほど暑くはなかったと思う。土地の道連れの人もいたろう。うまくすれば、荷物を運ぶ馬車に会うかもしれない。港まで荷を運んだり、人を乗せたりする馬車も往来していた。

布良に着くと、柏屋に行く。宿の主人は、四人を見て、学生なのでお金のないのを見抜いたのだろう。

「ゆっくりしていぐのだったら、小谷《こたに》親方に頼んでやるべ」

と、一行を小谷家に案内した。

小谷喜六さんは、網元であり、布良地区の救難係りもやる布良の顔役でもあった。

「うちで、面倒見てやるべ」

と、二つ返事で引き受けてくれた。

小谷家は、数年前の大火で焼けて、新築したばかりだった。

ここらでは、火事が起こると、村をひとなめしてしまう大火になるのだった。家が込み入っている上に、海からの風が火をあおり、隣へと燃え広がって、手が付けられなくなる。逃げるのがやっとだ。

小谷家は、当時としては、防災に工夫して、屋根を瓦にし、コンクリートで壁をかため、類焼から家を守る工夫がされている。

座敷の右の客間八畳二間を、繁たちの泊まるところとして、空けてくれた。

男三人と、まだうら若い十九才の福田たねがいたのは、うわさになった。ここらでは考えられないことだった。

繁は、荷物を置くやいなや、海岸にかけ出した。

「泉郷が話していたより、ずっといいところだ。この海の色は！　波のしぶきは！

おお、巌《いわお》の盤石《ばんじゃく》なこと。何もかも、神話の世界だ。人間の手にかかっていない。神世のものだ」

繁の大げさなほどの感動は、坂本も引き込まれた。坂本は、繁と少しばかり距離を置いている。

小谷家　8畳の間
繁たちの借りた部屋
「海の幸」を描いたところ

小谷家　当時のまま現存する
（2011年3月11日写す）

たねのことがあまり好きではなかっただけでなく、繁の辺り構わず人を巻き込む図図しさに、反感を持っていた。でも、繁の技術には、一目置いていたから、いやなことがあっても、目をつむって辛抱していた。坂本は、がまん強く冷静さもあったのだった。

小谷家から坂を下るとほどなく近くに、小さな船着き場があった。

海岸から陸を見れば、岩山が海にせり出している。

人家のほかは岩で、畑といえば、庭先の花壇に花と野菜が植えてある。海の漁で生計を立てているとしか思えない。

繁は、座敷に横になると、

「きっと、いい絵が描ける」

そんなことをつぶやきながら、安心して寝入ってしまった。坂本も、森田も、夕べは船の上だったこともあって、畳の上で眠ってしまった。さすがにたねは、みんなと同じように横になるわけにはいかなかった。

「ようめしは、あんがいいかねえ。ごっつおってほどでもねえけど、アジの刺身とサザエのつぼ焼きを、くわっしぇぇ」

おかみさんが、おひつにごはんを入れて運んでくると、喜六さんもお刺身の皿をさげて、お膳に座った。

たねは、みんなを起こして、夕飯のお膳をかこんだ。

繁の喜んだ顔といったらなかった。食べることも好きだったが、話すことも好きだった。

まるで、食べるより話をする方が忙しそうに口を動かして、東京の様子を、喜六さんに話し、唾《つば》を飛び散らせながら食事をした。

「こんな生きのいいアジの刺身なんか、初めて食べます」

繁は、涙を浮かべていた。

「おいしいお刺身です」

たねも同調する。

「刺身しか、ごっつおは、ねぇよ」

「ああ、生き返ったようです。生きのいい刺身を、腹いっぱいごちそうになりました」

「めえんちでも、いいかね」

「それはもう、毎日でもいいです」

「こういらのネコは、魚をあきてるよ。でも、アジの刺身や、食うよ。うんめえだっぺえ」

みんなは、小谷家のわけへだてのないもてなしに、すっかり甘えてしまった。

海からは、波のうねりの岩に当たる音が、たえまなく聞こえていた。

翌朝まだ暗いうち、繁たちが眠ったかと思うころ、外では、若い漁師たちのにぎやかな話し声がして、それに続いておかみさんたち女の声がして、また静かな波の音だけになった。繁は、夢うつつでそれらを聞いていた。

「よう、眠れたかえ」

日が高くなって、繁たちが起き出すと、小谷のおかみさんが、声をかけてくれた。

昨日は、姿を見せなかったが、おかみさんの後ろに、小学生くらいの女の子が、こちらを見ていた。

「ゆき、こっちに来て、手伝ってくれ」

台所で、おばあさんがゆきというその子を呼んだ。

「あい」

ゆきは、みじかいゆかたから、細いすねを見せてかけていった。

すると、丼に入れたものを、そろそろと運んできた。

おかみさんが、

「いそものだあよ」

丸い貝がゆであがって、磯のいいかおりがしている。

「ほら、この柚子《ゆず》のトゲでほじって食うだよ」

一つ取って、見せてくれた。

小さいけれど、夕べ食べたサザエと同じ味だ。

朝ご飯がすむと、四人は、絵の道具を持って、海岸に出た。

三脚のところまで、波のしぶきが降りかかった。

繁は、横にいるたねを見る。

「布良に来て、よかったろう」

「それは、もう。わたしは南の海を見るのは、初めてですから」

「海の色は、なんていうか、深いなあ」

「黄泉比良坂みたいにね」

「いや、この底は、きっと明るいのだ。魚鱗《いろこ》の宮があるはずだから。

潜って、海の中を見たいなあ」

話しながら、スケッチする。

繁は、落ちついていられない。やらなければならないことが、たくさんあった。

布良に来たのは、古事記の神話である、火照命《ほでり》と、火遠理命《ほおり》のことをテーマにした絵を描くことだった。

火照命は海幸、豊かな海の漁に係わること。火遠理命は、無くした釣り針をさがして、わだつみのいろこの宮を訪れること。

夕方になると、漁を終えた船も帰ってくる。すると、ボラの音を合図に、家々から、女や子どもが浜にかけだしてくる。

岸には、八丁櫓のおしょくり船が待っていて、東京方面に売り出せる魚を、船の生け簀《す》にほうりこむ。

積み荷を終えた舟は、陸揚げだ。みんなして舟の横についている支えをかつぐようにして、砂浜にあげる。砂にめり込まないように、横木の枕木を敷いてある。手伝ったみんなに、魚をいくらかわけてやる。子どもだってもらっていく。

みんなで力を出し合って生きているのだ。

浜の生活は、驚くことばかり。

「とれたての魚は、生きたまま、夜の内に東京の市場にとどけるんだあよ」

魚の煮物の豪勢な夕飯になった。

「魚は、冬がうめえんだ。脂がのってな」

「冬にも海に出て、漁をするんですか」

「おおさ、漁師は、一年中海暮らしよ。いろんな魚をとるからな」

「あした、海の中を見たいんで、海女めがねを貸してもらえますかね」

「ばあちゃんのがあったぺな。今、はあもぐらねえから」

喜六さんは、「おーい」と言って、海女めがねを持ってこさせた。

「こういらでは、もぐれねえもんは、嫁のもらい手がねえだよ。海には宝もんがころがっていっかんね。かあちゃんがもぐれねえと、やっていげえなうなる」

繁は、けげんな顔をした。

「おおしけになってな。舟が流されて、おやじが、けえらねえことになったらばだ」

喜六さんは、海の怖さを、話してくれた。

「朝はべた凪でも、風は突然に吹いてくる。風に向かって櫓をこいでも、力尽きてしまうわ。帆をおろして、舟をしめて、もし魚がいっぺいつれてても、いさぎようちゃってしまうこった。舟をかるうしてな、岸は岩場があるから、辛抱して、沖で待つだよ」

「夏場はまあ、いいだよ。秋から冬だあ。マグロをしとめに出かけるのがさわぎだあ。はえなわは、八丈島の先までいぐからの。手こぎの櫓だよ。わけえしゅうがいねえば、仕事にならねえ。さびい冬場の仕事だあ。金にはなるが、命がけだ」

海の話は尽きない。東京からのこのお客を前に、喜六さんは自慢したいことがいっぱいあった。繁は、「海の幸」の題材を、海士《おとこあま》の素潜り漁の様子にしようかと思いあぐねていた。しかし、ここらでは素潜りは、海女が圧倒的に多く、男は、カジキマグロの突きん棒漁に出て、腕を自慢していた。

繁は、たねと二人でスケッチに出かけることが多かった。坂本と森田は、たねを避けていた。やはり恋する二人には近づきがたい。坂本は、繁に、たねと結婚するのは止めた方がいいと、熱心にとめたこともあって、なおさらだ。

繁にしたら、坂本が遠ざかっていてくれたので、これまた気分が良かった。

「海景」「海」「磯」など、海を描いた作品を多く手がけた。

海は、久留米でも見たが、こちら、布良の海は、また特別の景観なのだ。

海の色は深いうねりをはらんで、そこ黒い緑なのだ。それが、日光の反射や、空の色も映すから、刻々と変化する。直ぐそこにあるように見える伊豆大島とは、実は、深い海で隔てられている。一千メートルも深い。そこを黒潮が横切っているのだ。黒い大蛇が海中をうねる。

また、布良の海岸には、陸からの岩盤が一キロほど海中に伸びていて、潮の干満に

海　1904年　石橋財団　石橋美術館蔵

海景（布良の海）　1904年　石橋財団　ブリヂストン美術館蔵

つれて、その根がせり上がるので、海底の岩は、ときに、船をぶち割ってしまう。魔の瀬、鬼ヶ瀬と住民を怖がらせる。

海水もその近辺では、複雑な帰り波があるから、泳いだり、磯漁をするのにも、熟練者でなければ近寄れないそうだ。

昔から、都と陸奥を結ぶ航路の船が、魔の鬼ヶ瀬で壊れた話は、悲話となって語られているほどである。

布良は、房総半島の突端で、地獄の入り口でもあるのだ。船は、ここをさけて、もう少し東の浜に寄港して、北上したらしい。そこには、古代の遺跡などが多く残っている。野島崎灯台もそっちの方にある。

しかし、布良には、日本開拓の天富命《あめのとみのみこと》が最初に上陸し、祖父の天太玉命《ふとだま》をまつったという官幣《かんぺい》大社の安房神社がある。繁は、安房神社へも足を運んで調べた。

奈良時代には、この近辺から、干しアワビを租税として献上した。

繁は、古代史を調べていたから、このようなことは知っていた。万葉集に、「女良」として載っているという。

阿由戸の浜
左側が鬼ヶ瀬
右側が男神山と女神山
手前が海水浴場
（2011年3月11日写す）

繁は、海女メガネをつけて海に潜り、海中の美しさに驚嘆する。磯の海草、色とりどりの小さな生き物、小魚。それらを土地の子どもや、海女さんに聞いて、調べる。

子どもらも夏休みなので、一日中泳いでいる。母ちゃんたちは、かせぎ時だ。素潜りで、アワビやサザエをとっている。

繁は、何かに熱中するたちなので、潜るのが面白くなると、朝から夕方まで、水につかっている。坂本は、日中は、小谷家で休んでいると、繁が、ひっぱりだす。

「あいどの浜で、泳ごう。あそこは、波が静かだ」

阿由戸《あゆど》の浜は、子どもらの遊び場所になっていた。広い砂場があり、海浜に草花が咲いていた。波のか

からない上の方には、くこや八丈すすきが囲いのように繁っていて、中に小さな畑があり、夏野菜が育ててあった。すいかや、うりがなっている。根元には、海草が敷いてあり乾燥から野菜を守っている。この畑も、弥生時代のような景観ではないか。いや、縄文時代だ。狩猟時代のような小さな茅《かや》ぶきの小屋のような家が、やぶの中に点在している。入り口は土間になっている。これが人の住む家なのだ。

布良に来て、一月あまり、そろそろ帰り支度の必要を感じるようになった。森田は学校が始まるから、八月中に帰りたいという。

繁もあせっている。目的の絵は構想だけで、構図が思い描けない。

「海の幸」豊かな海の恵みは、海女の素潜り漁にしようと初めは思ったが、古事記には、『ひれの大きな魚や、せまい魚を……』と書かれているから、貝類では不十分だ。やはり、カジキマグロの突きん棒漁にしようと、それくらいまでは考えていた。

「海の幸」の構想は、やはり、突然にひらめいた。さすがにこういうところが、繁の天才といわれるゆえんだ。

波の怒濤を聞きながら、繁がうとうとしてるとき、坂本が声をかけた。

「今日は近頃見ない大漁だって、浜ではおおさわぎだったよ。君にもぜひ見せたかった。浜は、魚の血でまっ赤だった。舟から魚があふれていた。みんな桶《おけ》を持って何度も浜を行ったり来たりだった。こんな大漁は、年に何回もないそうだ」

感情をあまり荒げない坂本が、興奮して語っている。繁は、それには答えない。目をつむって頭をかかえている。

波の音と、人々の歓声、きらめく銀鱗。

大漁は、大きな魚で表せばいい。鮫がいい、どう猛な鮫だ。

波の音は、渚に砕ける潮だ。漁を終えた男たちが浜辺を帰る。

筋肉で、神々の苦闘が表現できる。線を太く。

躍動感は、足踏みの音、一点を集中して、そう、フォーカスは中心。

朝日だ。空は金色。神々しい黄金色だ。

渚に打ち寄せる飛沫がまばゆい。

これで、神話になる。天地開闢《かいびゃく》。

「日本人は、古事記のことを正しくわかっていない。あれは、日本の成り立ちを教えているわけではない。古事記は、古代の日本人がどんな考えで生きていたかを語っている。古事記には祖先の心を知ることのできる原風景が述べられているのだ」

繁は、興奮して眠れなかった。

布良に来て、一月、「海の幸」のもくろみがやっと実現しようとしている。パノラマのような構想画が、ぴたりとおさまった。

「カンバス一枚、そのまま使おう」

白馬賞を勝ち取った「黄泉比良坂」に次ぐ、いやそれを超える大作が、思い描かれたのだった。

開け放たれた雨戸から、夏の陽は侵入する。

「ああ、夕べは、目がつかなかった」

繁は、湯気をたてるイソッピの味噌汁を、ふうふう飲みながら、大きな目をみんなに向けた。

「大作になるので、絵の具が足らないかもしれない。絵の具を貸してくれないか」

坂本は、

「おれだって、まだたくさん描きたいのに、繁は勝手なことを言う」というように、知らん顔をして食べている。

たねはといえば、こころよく答えた。

「どうぞ、使ってください。いい絵を描いてね」

もう帰らなければならない森田は、

「いいですよ」

と、短く言った。

繁は、大食いだが、いつもよりたくさん食べると、腹をなでながら立ち上がった。

茶の間で食事をしていた喜六さんに、声をかけた。

「モデルが欲しいので、お願いができますか」

喜六さんは、何事かというように、驚いている。

「絵のモデルですよ。若い男の漁師がいいんですが」

喜六さんは、了解したようだった。

しばらくすると、五人の日焼けした、若い漁師を伴って、繁に会わせた。

繁は、お礼もそこそこに、みんなに言った。

「絵は、突きん棒漁からもどった漁師を描くので、裸になってここにならんでください。人数は、五人では少ないから、森田も坂本も頼む。喜六さんもお願いしたいです」

夏とはいえ、日中に裸になれとは、さすがに気恥ずかしい。

森田も坂本も、裸婦のデッサンはしていたが、自分たちの裸体画をとなると、肝をつぶした。

しかし、言いだしたらきかない繁のこと、諦めてふんどしをほどいた。

若い漁師たちも、わいわい騒ぎながら、まっ黒な身体をさらけだした。

裸を、見せ物にされてはたまらないと、障子を締めている。

繁は、もう笑いもせず、一人ひとりにポーズを頼む。

「大きな鮫をしとめて、帰るところを描きたいのです」

「鮫をかついだかっこうをしてくれっていってもな、鮫なんか、かっついだことあねえよ」

「そうだ、まるごとあじしてかっつぐだ。背中を食われてしまわあ」

「あんなの、ぬるぬるしてて、かつがれねえ」

「かつぐかっこうで、いいですから」

若い衆は、そう言いながらも、おかしそうにポーズをとってくれた。

カンバスに描き込む。漁師たちを一日中立たせておくわけにはいかない。彼らも漁に行かなければならない。喜六さんも、いろいろな用事がある。

繁は、その持てる腕を最大にいかして、クロッキーを済ませる。

モデルの若い漁師たちは、はじめて見るその早業に、ただ感嘆して見入るばかりだった。

「今日は、ここまでにします。明日もう一回、お願いします」

繁は、明日もう一度頼んで着色しようときめて、お礼を言ってやめにした。

細部の着色や陰影は、坂本と森田にモデルを頼むつもりだ。

「この絵ができれば、日本中に、おれの裸を見せることになるべえ」

若い衆は、ふんどしをきりりと締めて、夏の日射しの中を帰っていった。

「せわになったな」

喜六さんがねぎらった。

繁は、喜六さんに頼んだ。

「鮫が、あがりませんかね」

喜六さんは、しばらく思案してから、

「平七じいに、頼んでみべいか、うんまくすればな」

と、請け合ってくれた。

鮫は、沖合で、突いたカジキの血の匂いをかいで出てくることもある。鮫に見つかると、カジキを横取りされるのだ。鮫は、群れでやってくる。

翌日も、早朝から絵に取り組んだ。

繁は、部屋を明るくして、絵筆をふるった。

中心を丁寧に彩色し、両端などは、下絵の線も消さない。

夕方、大きな鮫が樽の中に入れられて、リヤカーで運ばれた。

平七じいさんの腕は確かだった。鮫より小振りのカジキも入っていた。

「じいさん、今夜、寄ってくれい」

喜六さんは、平七じいさんに、酒をご馳走するつもりだった。

「おいしいマグロのお刺身を、おれらも食べられるかな」

繁たちも、もう、夕飯が待ち遠しかった。

食べるものも不自由していた繁は、小谷家のご飯は、毎日ご馳走だった。お金の持ち合わせはなかったが、帰りの支払いは、坂本や森田、それにたねも持っているだろうからと、心配していなかった。

喜六さんは、繁たちから、宿賃は貰わなかったという。

繁は、一日中カンバスに向かっているわけではない。午前中仕事をすると、暑い午後は、磯遊びに出かけた。

阿由戸の浜の右も左も、海に突き出した岸壁だ。その沖が、前に述べた鬼ヶ瀬だから。

繁たちは、磯遊びは波の静かな阿由戸の浜と決めていた。右の小高い二つの山は、男神の山と女神の山であった。いたるところに神々が祭られている。

その男神の山に登れば、景色は一変する。

右に見える海岸は、相《あい》の浜、平砂浦《へいさうら》と砂浜が続き、白波が美しい。

左側は、根本《ねもと》海岸だが、白浜は山に隠れて、ここからは見えない。

眼前には、大海原が、淀みながら広がっている。

漁をしている舟のなんと小さく、頼りなげなことだろう。海岸から見るのと、高台から見おろすのは、海の感じが全く異なる。

水平線を滑るように浮かんでいた舟は、山の上から見おろすと、海の手のひらで握りつぶされそうだから。

大海原の底には、海神《わだつみ》の魚鱗《いろこ》の宮があると、古人はおそれたのだ。

嵐になったら、海は、荒れ狂い、舟をのみこんでしまう。

海と闘う火照命、命の糧を海にもとめるためには、大きな困難がともなうのだ。獲物を手にしたときの歓喜は、ひとしおだろう。集落みんなの飢えを救えるのだから。ここに狩猟を司る男たちの思いがある。

「海の幸」は、一週間で完成させた。

繁は、思いのほかの出来映えに大満足だった。

布良に来た大きな成果だった。海の音を聞き、海の幸をたらふくご馳走になって描き上げたものだ。繁二十二歳。

しかし、それは繁だけの喜びにすぎない。

坂本は、自分と繁との力の差が大きいのを、実感させられた。

口惜しいけれど、坂本は、小さな身体の中に、火薬を抱いていた。

『おれは、おれなんだ。絶対につぶされない。繁を追っていたのでは、自分がない。自分の道をさがすのだ』と。

天才の繁。鈍才の坂本という声を聞きながら。

繁は、帰京すると、展覧会に出展するための額縁を用意しなければならなかった。「海の幸」の大きさから出来合いのものがなかったので、借金して製作を依頼した。絵は六百円という高値を付けて出品した。売れたなら、一息つけると思った。

しかし、世の中は明治になったからといっても、古いしきたりの中にいた。「海の幸」は、裸体画であるからと個室に入れられ、全面開放された展示室ではなかった。

それでも、見た人は、おおいにほめた。

「海の幸」は、小さな枠にはまらない、雄大なロマンを歌いあげたとして、画家だけではなく、一般の見学者も、賞賛した。

時は日露戦争で、昂揚していた。凱旋《がいせん》の武勇をこの絵に重ねたものもいたろう。海と空とのバックが美しい。労働している躍動感が若々しい。なんといっても、作風が新しいのだ。あか抜けして、今までの日本の画家が描かなかったモチーフだから、見る人が、賛美するのだ。

白馬会展はさすがに立派だと、黒田清輝の力と感心されたが、その中でも「海の幸」

は、異常な感銘を与えた。

『「海の幸」が素晴らしいのは、画家の表現したい感情がよく表されている。悲調をおびた歓喜の色だ。恐ろしい力を内に蓄えた海をよく描き、兵士として油断なき漁夫、戦場として恐るべき海がよく描かれている。』という評が書かれた。

また、詩人の蒲原有明《かんばらありあけ》は、「海の幸」に深く感動した。そしてこのように書き残した。

『僕は、青木君の「海の幸」を眼で見たのではなく、隅から隅まで嗅ぎ回ったのである。僕の憐れむべき眼はあまりに近くこの驚くべき現象に出会って、すでに最初の一瞥《べつ》から度を失っていた。（僕は嗅ぎ回ると同時に耳に響く底力のある音楽を聞いた）実際激しい匂いのする絵である。金の光の匂いと真青な潮の匂いとが、高い調子で悠久な争闘と諧和を保って、自然の壮麗を表している。奥から意地の悪い秘密の香煙が漂っている。そして、あの赤褐色な、たくましい人間の素肌の匂いが、自然に対する苦闘と、がいせんの悦楽とを暗示している』

「海の幸」は、青木繁の名を高め、ほめちぎられた。

しかし、絵は売れなかった。

理由は、いろいろある。大きいこと。大金であること。応接間などには不向きなこと。絵の価値は認めても、私有するのには、とためらったのだ。

画家を育てる仲買人のような人がいて、助けてくれたらよかった。ヨーロッパあたりにはもう、そういう人はいたのだけれど。

繁は、借金にあえぐのだった。

七　長男としての足かせ

繁を苦しめるしがらみが始まる。

久留米の父が、とうとう寝込んでしまったので、家計を助けてくれるようにと、姉のつる代と、末弟の義雄が、繁の下宿にやってきたのである。

夏休み帰省していた梅野が、二人を連れてきたのだった。

学校も卒業したし、絵描きとしても、名声があがったから、家を助けてくれということだ。

繁は、悲観し、逃げるばかりだった。この運命を不幸と思い、思いまどう。

これから自分の理想としている絵を、思う存分に描こうとしていたことが、二人の上京で、どうなることかと、行き先が真っ暗になってしまった。

また、福田たねとの仲も、親密になってきたというのに、二人に感づかれたらいけないと気が気ではない。

もしここで、繁が落ちついて生活の方法を考えたなら、姉の就職先を用意し、生活費も稼がせることができたのだ。二人を養うのだ、それができない、と悩むのは、現在なら考えられない。また、姉たちも、それなりの生活の工面をすべきだろう。しかし、当時では、働き場所もなかったのだろう。

繁は、逃げ場として、たねの下宿にしげく通うようになる。繁は、ここでたねをモデルに、後に傑作と言われる「女の顔」を描く。「女の顔」は、たねの気持ちまで表現されて、良い絵と言われた。肖像画ではない。

繁は、このころ、蒲原有明という詩人と、知り合うことになる。

有明は、象徴詩を大成した日本の近代詩の父ともいわれた詩人である。

蒲原有明は、繁の白馬会展の作品に強く感動していた。そしてまた、「海の幸」を見て、またさらなる感動を受けた。どんなことでもいいから、青木繁について知りたいと思っていた。

繁たちは、十一月、神明町に曙町を追い出されて移る。

蒲原有明は、念願の青木繁訪問をする。案内役を二人もつけてやってくる。蒲原は、陰鬱な様子をした繁と話をするが、部屋の中にあった繁の作品におおいに魅了され、繁を深く理解しようとつとめる。

繁の友人たちは、繁を嫌い近寄らないのに、蒲原は決してそんなことはなかった。その後、何度も足を運び、仲良くした。繁も、蒲原を頼っていく。

二人は、お互いの芸術を理解しようと、交際を深めていった。

荒れた繁の素行などは、有明にはどうでもよかったのであろう。特異な理想主義、たぐいまれな天才を、有明は、感じていたのだ。

有明は、自分の詩集の挿絵なども繁に頼む。

繁の方では、金銭の窮乏のほかに、たねの妊娠というのっぴきならない事態が発生する。結婚は考えていない繁は、大変なことになったと、思い悩む。たねとの仲が、なんでもなかったと、うそぶくことができなくなったのだ。

たねの妊娠は、繁が隠しても、姉たちに知れるところとなってしまった。

窮乏はますますひどくなり、食事なしの日が続くようになって、繁は、「海の幸」

を安くても売りたいと思ったが、買ってくれる人はいない。「海の幸」を抵当にお金を借りたいと頼んでも、返事すらこなかった。

繁は、性格破綻者というレッテルがはられて、友だちは敬遠していたから、援助してくれなかった。

梅野には、どうしてもというときにはお願いをしているが、そうたびたびというわけにはいかない。

繁は、蒲原有明の手引きで、画稿を書店に売って、お金をもらおうとしたが、折り合いが付かず、ことわられた。原因は、繁が法外な金額を示すか、画集の刷りに無理な注文をつけてけんかになってしまうのだった。

このころ、繁は困窮と、心労で、精神の異常が目立つようになった。奇声を発したり、刀を振り回したり、夜中に飛び出したりした。

坂本と同居していたが、坂本と別れて、姉や弟と千駄木林町に移っていく。四月末だった。

八　再び房州に

姉のつる代から、たねのことなどを責められ、繁は、どうしようもなく、たねの下宿から、だまって、再び房州行きを決行してしまう。無計画に、無謀な道行きだった。五月三十一日の夜行の船に乗った。心中しようとしたともいわれているが、たねは、冷静なしっかりした女性だったので、繁の言いなりにはならなかった。

房州では、たねは、お腹の子を考えた行動をしている。

保田村の和泉屋に宿をとった。繁は、たねからお金を取り上げるようにして、浦賀から、野比に出かける。

七月になって房州にもどってくるが、その間、たねはひとり、知らない土地で待たされた。繁は、絵を売りつけに行くということだった。

野比の円通寺に滞在していた。円通寺から、伊戸の円光寺への紹介状をもらってきた。

和泉屋に帰ると、繁は、たねに、円光寺に移りたいという。

「宿屋では、金がかかるから、寺にする。寺なら、一月二円でいいそうだ」

「わたしは、船には乗れません。ここにいます」

しかし、繁は、身重のたねを、船に乗れないのなら、歩いて、と言って連れ出す。二日がかりで、歩いて移った。保田から伊戸まで、どの道を通ったのだろうか。そのころは、木の根街道が、館山への本通りだった。岩井から丹生の里を抜けて、那古に出る。

たねは、もう、産み月に入っていたから、無謀というしかない。たねは、慎重にゆっくり歩いたのだろう。館山に一泊したというが、那古宿あたりだと思う。

円光寺に着くと、繁は身体がだるく、しばらく寝込んだ。

このころから、肺の病におかされていたのではないか。

しかし、調子がいいと、海に入って、海底の観察をしている。

繁が円光寺に来たのは、宿の安さもあるが、「いろこの宮」の制作準備のためと言った方が当たっている。

昨年の布良での感動的な体験から、海底の表現にとりつかれていた。

海水中で人がどのように見えるか。海底の藻の種類はどうか。火遠理命・山幸彦が登っていたという桂《かつら》の木をどう表現するか。海底にあった井戸。そして、いろこの宮とは、どんな宮殿にしたらいいか。

繁は、このころに「綿津見《わだつみ》の魚鱗《いろこ》の宮」の構想をかためていたのだ。そして、表現の具体的な面を思案していた。周到な観察をしていた。

後世に残す名画として、思いつきではなく、実際の海底を調べて、文句をつけられないようにと、念入りに準備をしていた。

「海の幸」の評判がよくても、画壇から見捨てられているような空虚な気持ちになっていた繁は、「火遠理命」の絵に賭けていた。

その気持ちは、たねにも打ち明けなかった。

たねは、お腹の赤ん坊のことで頭がいっぱいだった。こんな寺で、知ってる人もなく初めてのお産はできないと思っていた。繁はお金かせぎもせず、大事にしていたお産の費用まで使ってしまい、海に潜りにいっている。

八月には、赤ん坊が生まれる。

たねは、本当のことを手紙に書いて、実家に送った。叱られるのは覚悟をしていた。お金を送ってくれなかったらどうしようと思っていたら、父の豊吉さんが円光寺に、迎えにやってきた。

温厚な豊吉さんは、繁の面子《めんつ》も考えて、

「栃木に、いいアトリエを用意したから、いっしょに帰ろう」

とやんわり誘った。繁は絵を描きたくて、円光寺の杉戸に焼き絵を描いたほどだったから、二つ返事で、同意した。豊吉さんは、生まれる赤ん坊にも、父親は必要だと思った。父なし子にしては可愛そうだと思った。身重のたねのことを考えて、歩くことをひかえ、人力車を使った。

たねは実家に帰り、無事に男の子を出産した。八月二十九日だった。

繁は、幸彦《さちひこ》という名前をつけた。たねも、繁が落ちついているので、安心した。繁の精神状態も穏やかになっていた。

繁は、神話を題材にした「大穴牟遅命《おおなむち》」を、産後のたねをモデルにして描いた。

この絵は、兄の神たちのたくらみで、赤いイノシシを捕らえよと命令されて、焼け石をイノシシと思ってだきこんで、焼かれて死んだ大穴牟遅命を、二人の姫が、助けるという神話だ。

繁たちは、結婚はしていなかったが、三人むつまじくすごしていた。

しかし、それもつかの間、久留米から父の容態が思わしくない旨の電報が届き、幸福を切り裂かれてしまう。

繁に、恐ろしい昨年五月の迷いが、再び襲いかかったのである。

長男として、家を守らなければならないという思いはあった。

たねに、自分の絵を売りに行かせ、金をつくって、帰省した。

帰ってみると、家は貧窮にあえいでいる。父の多額の負債が一家を苦しめていた。

少しばかりのお金では、どうすることもできない。それに、東京で捨て置かれたと、怒っているつる代と、義雄に合わす顔もなかった。家の中は、冷え切っていた。

大穴牟知命　1905年　石橋財団　石橋美術館蔵
こちらを見ているのはたね

しかし、父は、弱っていたので、繁を叱責することはなかった。

繁の逃げ場として、都合のよいことがあった。それは、詩人の泉郷が、新しい詩についていけなくて、実家の酒屋にもどって、宇朗として家業についていたことである。繁は宇朗を頼り、肖像画を描いてお金をもらったが、家に入れず、自分のものを買ってしまった。それで、姉たちとますます不仲になる。繁も家の困窮はわかっているが、自分でもわからない怒りが、勝手な真似をさせてしまう。

家に居づらい繁は、長崎にも出かけていき、ここで念願の「綿津見の魚鱗《いろこ》の宮」の準備のために海底探査をする。

漁船に乗り、借りた潜水服を着て、二十メートルほどの海底の藻を観察した。

繁は、手記で語るように、絵は構想だが、構成されるものは、真実に忠実でないといけないと思っている。あり得ないものを空想で描くことはまだ考えていなかった。

「綿津見の魚鱗の宮」は、三年がかかって、下準備ができたのだった。

この度の帰郷は、繁にとって、あまり苦にならなかった。宇朗の酒屋に遊びに行っては、酒を飲み、ごちそうにありついた。

宇朗は、繁にご馳走はしたが、その見返りも、上手にせしめている。気むずかしい繁をおだて上げて、初恋とも思われる令嬢のポートレートを描かせている。これは、「おもかげ」である。

「おまえは、どんな女性が好みなのか」

酒がまわってきて、上機嫌になった繁に、宇朗は笑いながらたずねた。

「どんなって、口では言えないよ」

繁は、言い渋っている。

「じゃあ、描いてみろよ」

「いやだよ」

酔っていても、心の奥にある秘密の思いは、たやすく言えるものではない。

宇朗は、いやがる繁を見て、ますますその本心を知りたくなった。

「じゃあ、ちょっと似てるくらいでいいから、描いてみろよ」

「しょうがないな」

と、言いながら、繁は、カンバスに向かった。描きだすと熱中して絵のとりこになってしまう。宇朗は、にやにやしながらなりゆきを見ていた。

繁は、この仕返しとも思えることを宇朗に頼む。

伊戸の円光寺で描いたような焼き絵を、高島家の家宝ともいわれる杉扉に、描きたいというのだ。宇朗は、こればかりは聞けないとことわった。

繁は、焼き絵ではなくていいから、装飾画として描かせてくれと頼む。

宇朗は、しぶしぶ許した。

「あまり派手でない絵なら、仕方がない。いいことにしよう」

「白い芥子《けし》の花を描きたい。どっかにないかな」

「今ごろ、芥子は咲いていない」

「捜せば、きっとどこかにはあるはずだよ」

繁は、きかない。

二人は、そちこちを捜しまわって、やっと見つけた。

高島家の家宝の杉扉に、白い芥子の花が描き上がった。宇朗は、これならよいと思い、一安心した。

明治三十八年の暮れのことだった。

明けて、明治三十九年、日本は、日露戦争にかろうじて勝利したが、国内は、大勝利という鳴り物入りで、満州から凱旋部隊が引き上げてきて、軍都久留米は、興奮していた。繁の気持ちの中にも興奮は伝わってきて、上京したい気持ちは、抑えられなくなった。

父の病も、快方に向かう兆しが見えたこともあって、繁は、上京に踏み切る。

姉のつる代は、しきりに止めた。宇朗も止めた。

繁は、後ろめたい気持ちをふりきって、汽車に乗ってしまう。

上京したのは、八月だった。布良に誘った森田恒友を頼って、駒込千駄木町の下宿に置いてもらった。繁は、何をもくろんだのか、父のフロックコートを持ってきた。

間もなく、森田は旅行に行き、正宗徳三郎が入れ替わって住んだ。

「布良の夏は、思い出してもわくわくする。この絵を描いていたときが、おれの人生最上のときだったな」

売れずに立てかけてあった「海の幸」に手を加える。

二列目の少年の横向きの顔を、こちらを見る少女の顔にする。ひたむきなあこがれの少女、たねの顔である。あのころのたねは、もういない。とんだ手違いで、子どもまで産ませてしまった。結婚もできないで、実家に置き去りにしたままだった。つる代と義雄を置き去りにして、房州に逃げ、今度は、たねを実家に置いたままだ。いくら絵で有名になりたいと思ったにしても、身勝手すぎると繁は反省した。

繁は、やはり職に就かないと食っていけないと思い、いやいやながら、黒田清輝に頼みにいくが、返事は来なかった。

それで、今度は、岩野泡鳴に頼みにいく。泡鳴には、昨年、画稿集出版のことで、書店とけんかをして、紹介してくれた泡鳴に迷惑をかけたのに、忘れたように頼みにいった。繁は、本気で、真剣に働くことを考えたのだ。

「教師の口はないが、金尾文淵堂で、挿絵をやってみないか」

と、いうことになって、繁は、画料百円をもらった。

「あるところには金があるもんだな。おれに、ぽんと百円もだしてくれた。前金だよ」

繁は、ふところからその金をつかみだして、正宗徳三郎に見せた。

お金に苦しんでいた繁の姿は消えて、成金のおぼっちゃまになりきっていた。

繁は、すぐに買い物に行って、ステッキと、革靴と、シルクハットを買ってきた。

絵の具だって十分ないのに、これからどうやって頼まれた挿絵を描くのだろうかと、正宗がけげんな顔で見ると、繁は、得意そうだったが、

「なんておれは、ばかだろう。こんなつまらないものを買ってしまったんだろう」

と地面に投げた。革靴が音を立ててころがった。すると、その音に驚いたように、繁は、革靴を拾いに駆けだした。

正宗が、そこでじっと見ていることなど気付かぬように、靴についたどろを払い、丁寧にみがいた。

繁の気持ちは、刻々変わる激情にほんろうされていた。

九　「綿津見《わだつみ》の魚鱗《いろこ》の宮」できる

繁は、金も使い果たし、働き口もなく困り果てて、上京したことをたねに知らせた。知らせたからといって、結婚をするつもりはない。たねは、幸彦を連れて会いに来てくれた。

幸彦を見るのは、ほぼ一年ぶりである。

「大きくなったな」

幸彦は、片言をしゃべり、可愛い盛りであった。

「父さんも、幸彦といっしょに暮らすのがいいと、言っていますから、家に来るのはどうですか」

たねは、遠回しに、繁を誘う。貧乏暮らしで、東京に住むのはいやだった。

実家だったら、繁もあんまり無理なことはしないだろうと思った。

たねの誘いで、繁は、水橋村の、福田家に行くことにした。

豊吉さんは、繁のために、アトリエまで用意してくれた。

この秋に、自分を描き込んだ「日本武尊」を完成させていた。

いよいよ、「綿津見の魚鱗の宮」にとりかかる。

日露戦勝記念の、東京府勧業博覧会に間に合うように、何が何でもという気で、熱を込めた。

天才画家を助けようと、豊吉さんも援助を惜しまなかったが、繁も、要求を控えなかった。悪い言葉で言えば、やりたい放題といってよかった。

繁にとって、最初で最後の贅沢になった。

魚鱗《いろこ》の宮の門の近くにあった香木は、福田家の庭の金木犀にした。火遠理命はたねの弟のまだ中学生の栄吉だった。豊玉姫はもちろんたねである。

売りものの布地を勝手に持ち出したり、最高の絵の具といえば、フランスから輸入されたものである。それをそろえるように頼んだりしたが、豊吉さんは、繁の言うままであった。

「綿津見の魚鱗の宮」は、繁の思い描いたように仕上がった。

博覧会美術部門の出品監査は、三月二十一日から始まったが、その日には間に合わなかった。とりあえず、「印度神話」を送り。かろうじて二十日に仕上がった「綿津見の魚鱗の宮」を、自分で持って、上京した。

繁の絵は、新聞などでも盛んにほめられた。繁は、自信満々であった。後は、上位入賞を待つだけだ。

繁は、四月十一日から十四日まで新聞に美術断片として「滄海《わだつみ》の鱗の宮に就いて」という文を発表している。

「日本固有の形式によって日本固有の趣味を顕そうと試みたのではない」

このことは何を意味しているか考えたい。そして、繁は次のように言う。

「近時日本の芸術的観念によって日本の思想を顕そうとしたのである」

これは、日本民族の美意識の深層・真相をつきとめようとしたのである。さらに繁は「……維新に四十年後れて、今や精神修養上の維新が来りつつあるのだという人がいるが、芸術を持たぬスパルタは如何に強かったとしても、文明国とは言いえぬが、アテネを見給え、市民のすべてが、軍政の何物かを解せる如く、美術とは何物かも解していた。」

この文から西洋画家の社会的な身分の低さ、人々の理解のなさを抗議しているのがわかる。

わだつみのいろこの宮　一九〇七年
石橋財団　石橋美術館蔵

日本の文化を捨てて、西洋化するのではない。新しいものを取り入れると文化芸術は発展するものだ、と主張する。

明治四十年に、繁はこのように考えている。青年二十四歳。

繁は、父のフロックコートと、あのシルクハットを被って、画家たちを得意げに訪問したという。

二千五百円という、当時としては考えられない高値の価格をつけている。

集まった作品は、日本画八百六十点中入選三百二十五点、洋画は、二百四十のうち入選百点。

しかし、審査員が入れ替わったり、もめ事があって、決定がながびいた。流派で争いがあった。

博覧会の入賞発表は、七月六日。繁は、三月上旬にたねと別れて、水橋村を出ている。それは、久留米にいる梅野に出した手紙からわかることである。

梅野は、三十八年夏から、久留米に帰り高校の教師になっていた。

結婚せよと迫られたから、逃げ出したようなことがうかがえるが、たねから、別れ話が持ち上がったらしい。このままではいやだ、というのか。繁とやっていけないとはっきり言ったのか。その辺はわからない。繁にしてみれば、生活の心配のないたねといっしょにいたかったかもしれない。

さて、「綿津見の魚鱗の宮」は、必ず、一等か、二等に入賞すると、繁はふんでいたから、三等の末席という結果発表は、言語同断であった。入賞者の中で、最下位なのだ。最高位を狙っていたのであるから、落胆は言い表せない。

世間では、審査に不公平があったと大騒ぎになった。芸術には流派があり仕方のないことでもあるが、今回は非常に偏り、作品ではなく自分たちの仲間を入賞させたというのだ。

夏目漱石は、四十年六月に発表した「それから」という小説の中で、『青木という人が、海の底に立っている女の人を画いたが、あれだけが、よい気持ちにできていると思った』と、登場人物に語らせている。心情的に共感したのであろう。

繁も、頼まれて、抗議文など書いたが、有名な画家の悪口批判を、これでもかと、書きすぎたきらいがある。怒りっぽい繁が、くやしさを丸出しにして、画壇の巨匠を攻撃したのである。

このような文を発表してしまえば、これからますます、画壇から葬られてしまうのだ。自分の名は書かなかったが、繁であることは明白だった。

繁は、このままでは、自分の夢はかなえられない。どうしても、フランスに留学しよう。三年してもどれば、なんとか世の中も、自分を見る目が変わるだろう。そう考える。

そんな混乱の中、またしても、久留米から電報が届いた。父が危篤という。

繁は、これで自分の全てが終わるのではないかという絶望を感じた。

明治四十年、八月二十七日、父廉吾が死去する。繁は、長男の立場から、金を工面して急いで帰郷したが、間に合わなかった。

東京で、画家たちを敵にまわし、久留米でも、置き去りにしたことを怒っている弟と姉のいる家に、気安く住めるわけがない。家人ともいさかいが絶えない。

八方ふさがりの繁は、混乱する。絵を描くという精神状態にならない。

魅力ある第一回文展が、十月二十四日から行われるのだけれど、繁は、新しい絵が描けず、森田恒友に頼んで、「女の顔」を出展してもらう。しかし、はねられてしまった。和田三造とは、東京を去るとき、繁は、これからの画壇で競争しようと約束してきた。その和田三造の「南風」が、最高賞の二等であった。文部省は四百円で買ってくれたそうだ。

和田は、黒田清輝の指導を真面目に受けていたという。

権力に徹底的に反抗していた繁は、黒田に背を向けていた。

繁は、それでも、上京せず、久留米にとどまり、肖像画などでお金を稼いだ。

翌年、繁は、鐘ヶ江の酒造家清力本店の二階をかざる絵を頼まれて、半年かけて、七月半ばに完成させた。「漁夫晩帰」である。

贅沢な生活をしながら描けたのだが、出来上がった絵は、暗く沈んでいる。文展落選がよほど繁を苦しめ、立ち直れなかったのか。

たねのところにもどれないのが、繁の情熱を奮い立たせないのか。

「漁夫晩帰」には、喜びはない。丁寧に描かれているが、疲れ切ったように淋しい。もらった画料で、家には帰らず、近くの大きな邸宅を借りて住んだ。

姉のつる代は、無駄をしないで家に入れてくれるように、泣いて頼んだが、繁はきかなかった。

弟の一義も、繁に抗議した。

「今、家では、どんな状態か、わかっているんですか。父さんの新盆ですよ」

「弟のくせに、兄に文句を言うとは、ぶれいもの」

こんなわけで、けんかが絶えない。

お金も、家に入れたのはわずかで、繁の酒代になってしまった。

父の負債を払うために、みんなが苦労しているのに、繁は酒を飲んでだらだらしている。

八月は、父の新盆である。

いさかいも絶えない。こらえきれなくなって、また、繁を改心させるためにもということで、みんなが、母の実家に、繁を置いて逃げてしまう。

怒りん坊の繁だけれど、本心は甘えん坊だった。甘えがあったから、好き勝手なことをしていたのだ。

母まさよは自分を見捨てないだろうと思っていたから、一人取り残されたことは、ひどいショックだった。

しかし、繁は、母をここまで追い詰めていたとは思い及んでいない。それは、改心する気配がなく、怒りにふりまわされて、家具をたたきこわし、自身も家を飛び出してしまったことでもわかる。

十　放浪と病

繁の病は、徐々に身体を蝕んでいたのに、気づかず、酒におぼれ、放浪をつづけていた。

第二回文展に向けて、繁は、「秋声」を描くが、締め切りに間に合わなかった。

最高賞は、和田三造だった。和田は、この成績によって、三年間のフランス留学が約束された。これは、繁の描いた夢だった。

繁は、自分の不運を歌にして悲しんでいる。

幾たびかおお幾たびかめぐりこし
　如何に呪いの恐ろしき渦

栄誉なき恋なき人の石の胸

　　何に拗ねたるかたくなの性

天草には、同窓生の高木巖がいるので、頼っていく。そこで、たねの父親豊吉さんに長い手紙を書く。二年前に世話になった豊吉さんに差し出すには、常識的に考えると、あまりに失礼である。見栄をはって、強がりを言ってるのにしては、子どもっぽい。手紙は敬意を表して、候文であった。やさしく訳してみると次のようである。

『賀正

大変おめでとうございます。

四十二年になり、ご一家皆様新しい年をお迎えでしょうね。

わたくしも、二十八とはあきれるほど、年をとったものです。

不愉快な五年は既に過去となりて、』

とは、たねと知り合い、二人の間に、望まない子ども幸彦が生まれたことをいっているのだろうか。不愉快な五年とは、全く自分勝手に解釈している。福田家で大変世話になって「綿津見の魚鱗の宮」を仕上げたことは、忘れているのだ。

しかし、よく考えてみれば、青木家の不幸の大きな原因は、父廉吾の負債なのである。父の負債のために一家が生活に苦しんでいるのは事実だが、繁はといえば、われ関せずと、自分のお金は、自分で使うのだというように行動しているから、家族が非難する。その非難を感情的になって受け入れられないから、それが不愉快と言っているやもしれない。

しかし、その後のこの文面がおかしい。

『実は帰郷後、妻をもらえとさんざんすすめられて、数十百回もの縁談があり、送迎だけでもへとへとになりました。しかし、幸彦のために良い母になってくれるような人はなかなかおりません。であるから、こちらでは、幸彦はあずかれない。そちらで良い人がいたら、養子にでも出したら幸彦のためにも良いでしょう。』

こちらでは、家族がばらばらで、けんか別れしているし、繁は、家にもいられなくなり、友人の家に居候している始末なのに、そのことには触れていない。事実を述べて、許しを請うのは、自尊心が許さなかったのだろうか。

この手紙を見た豊吉さんは、もう繁に期待をかけることをやめてしまった。幸彦は、自分の子どもとして、出生届けを出した。たねも、幸彦を家に置いて、結婚をする。

繁は、二ヶ月ほど長崎で過ごすと、久留米に帰ってきて、坂本家の離れを借りて住む。その坂本家から、繁は、坂本繁二郎に手紙を出した。

いつも見くびっていた繁二郎に、心から侘び、自分の過ちを正直に書いている。

『小生も学校卒業後四ヶ年の時日を大いなる過失のなかに葬り了り候事、甚だ痛恨に堪えず、何事も小生の弱点御承知の貴兄に対して、殆ど慚愧の外弁解の余地これなく、今は忠直なる芸術上の信念さえ自ら疑わざるを得ず候。近く上京の上は……』

と、書き進んで、『わたしが今回上京するのは、甚だ無理であり、大きな犠牲を払うことはあなたも想像できましょう。一たび産を失い、二たび家を破り、三たび○○○○○、○○○○他に託し、四たび父を貧の中に見殺し、今は又老母を遠く国に遺して家居を撤すること、いかに芸術のためとはいいながら、酷いことをしたという思いがないわけではない』と。

繁二郎は、この手紙をどんな気持ちで読んだのだろうか。繁の本当の気持ちと思ったろうか。それとも、何か企んでいると思ったろうか。

繁は、坂本家にも居づらくて、宿を替える。馬鉄通りの料亭花屋に落ちついた。

花屋の女将は、好意をもって迎えてくれた。

そんなころ、結婚準備のため久留米に来た繁二郎に、道で出くわした。三年ぶりなので、仕方なく声をかけたようだ。気まずい二人はそれでも何時間か店で食した。繁は、虚勢をはって、手を振って暗闇に消えたと、繁二郎は語る。それが、最後の別れだった。

繁は、花屋で世話になっていたが、都合の悪いことになったので、「上京するのだから」と言って、七月十三日、花屋を出たが、持ち物はなく、無一文だった。花屋の浴衣のまま、佐賀の恩師森三美を頼っていく。

森三美は、温かく繁を迎え入れてくれた。

「疲れているようだね。ゆっくりしていきたまえ」

と言ってくれた。

繁は、やっと人心地をとりもどす。気持ちが落ちついたのは、森の幼い娘たちによることも大きかった。繁は、二人を連れて、日傘を買いにいき、日傘をさしたモデルにして、やさしい絵を残した。

いつまでも森の世話になっていられなくなり、繁は、三根という友人を頼り、予賀町の妙安寺に移った。

秋の第三回文展にも繁は「秋声」を送ったが、問題にもされなかった。時代が変化していた。若い画家が活躍してきていた。新しい流れが起こっていたのだ。

繁は、希望を失い荒れていく。

恩師の森三美は、繁が絵を描けるように知人に当たってくれた。その知人というのは、西英太郎という実業家であった。本業は炭坑の重役で、代議士もやり、自前の新聞も出し、文も書いていた。

西英太郎は、画会を開いて、絵を売ってやろうと言った。実業家はやることが大きい。

繁は、準備に大忙しになった。

西英太郎の宿舎の曙館で、四月ごろ開かれた。

西英太郎の新聞広告や、代議士としての口コミが効いた。

さすがに土地の有力者だけあって、画会は、大成功だった。

繁は大金を握ったのであった。

お金が入ったら、家に家族をもどし、自分は上京して、絵を描こうと思っていたが、大金を手にしたら、浮浪者として苦労したことは全く忘れ、高価な身の回り品を揃え、料亭や酒場にしげく通った。

肺結核の初期であったからたまらない。無軌道な生活で、たった三月後の七月には、お金を使い果たし、病の床につくことになった。

ひどいノイローゼにもなった。

「どうしておれは、こうもだらしないのか。このままでは、立派な絵描きになって名を残すという夢は、かなえられないのではないか」

身持ちの悪い繁は、立派な絵描きと言われた過去の栄光は、すっかり無くしていた。

家族を捨て、お金が入れば、酒に女にとだらしない生活をする繁は、さげすまれうとんじられて、陰口を叩かれた。

十一　身を焦がす恋

繁は、逃げるようにして、小城《おぎ》町に移った。

ここには、不同舎時代の友人平島真が中学教師をしていた。家は祇園川畔にあった。この二階に世話になった。

繁は、短歌をつくって、西英太郎の新聞に発表した。また、「うたかた集」「村雨集」として、まとめたりしておとなしくしていた。

父となり三年われからさすらひぬ
　家まだなさぬ秋二十八

今日明日とただかりそめの草枕
　旅に三とせを重ねけるかな

わが国は筑紫のくにや白日別《しらひべつ》
　母います国櫨《はぜ》多き国

療養と静養につとめ、健康をとりもどそうとしていた。

繁は、身体の具合のいいときは、スケッチに出かけていた。描くことがそれほど好きだったのだ。健康になったら、油彩画にするつもりだった。

こんなに身体が弱っているとき、繁は、平島真の姪にあたるつぎという少女に恋をした。

つぎは、福岡の女学校を卒業して、小城町に来ていた。目のぱっちりした、あか抜けした上品な娘だった。

つぎも、繁が好きで、二人で歩くこともあった。

平島は、中学教師である自分の面子もあるので、繁と姪との関係を裂きたかった。

二人のことは、小さな町では、すぐにうわさになった。

平島は、繁には下宿させることをやんわり断って、本町の麹屋旅館の江里口悟に事情を話して、引き取ってもらった。

繁は、麹屋に移っても、写生には出歩いていた。小城町の郊外でスケッチしていると、つぎがそっと寄ってきた。繁は、そんなつぎに対する恋心を抑えることができなくなってきた。

平島真は、二人の関係を断ちたいので、繁をもっと遠い唐津に転地療養を勧めた。

繁は、平島の気持ちがわかるので、承知した。金波楼という旅館に入り、さらに海の見える木村旅館に移った。

部屋の窓からは、夏の海が見えた。房州の海とは違うが、静かな内湾の海は鮮やかな色を見せていた。

繁は、ここで、「夕焼けの海」「風景」「朝日」の下絵を完成させた。

朝日　1910年　佐賀県立小城高等学校黄城会蔵

「朝日」は、絶筆である。

繁は、唐津を十月始めごろ去ったようだ。それまでに、絵を油彩にして、所持金がなかったので、その絵を置いていったのだ。

繁は、小城町まで、つぎに会いたくて、四十キロを、夜を通して歩いた。

着ていたものは夏用の衣服、息絶え絶えに繁は、やってきた。衰弱しきった繁を見た江里口は、すぐ近くの古湯温泉に連れていった。扇屋でしばらく養生すると、元気を回復した。

繁は、愛くるしいつぎが忘れられず、恩師森三美に、つぎとの結婚の話をつけてくれるようにたのんだ。

「なんとか、生きていたようだ。ああよかった。つぎにここにいることを知らせてほしい。つぎの居ないところでは、生きていけない。忘れようと思っても、だめだ」

森は、平島真に話し、つぎとの結婚の約束をとりつけてやった。

「青木は、才能のある男だ。あんなに真剣に頼んでいるのだから、遊び心ではない。金の心配ができる奥さんがいれば、身持ちを崩すこともあるまい。病気さえ治れば、立派な絵描きになる」

「結婚は、病が治ってからと言うことにしましょう」

平島は、承知し、また、繁の借金返済の手助けもしている。

小康を得たので、繁は、久留米にもどったが、十月二十日、ついに喀血した。

これが始まりで、ひどい喀血を繰り返したので、福岡医科大学病院を受診した。

結果は、重症の結核であった。病室が空いていなかったので、空き待ちになった。

繁は、幾人かの友人に訴えて助けを求めた。

森田恒友は、福岡市の商家万屋の当主加野宗三郎に、繁の面倒を見てくれるようにはからってくれた。

宗三郎は、須崎に部屋を借りてくれた。

繁の容態はますます悪くなり、高熱を発したり、肋膜炎を起こしたりした。

知らせを受けた宗三郎は、繁を近くの松浦病院に担ぎ込んだ。院長の応急手当でなんとか小康を得た。

十二月は、安定していた。

小城から、つぎが見舞いに来てくれた。優しい言葉がうれしかった。

二月二十日、繁は、ここに来て調子がよいので、外出して博多の町を散歩した。ちょっと無理をした。また、天ぷらなど、たくさん食べた。

夜九時の検温がすぎたころから、咳が出始め、さらにひどい喀血が、一晩中とまらなかった。この日から、回復は見込めないように悪くなった。

三月に入ると、繁の容態は、ますます悪くなり、二十二日、院長は、義雄に危篤状態になったと、電話で知らせる。

義雄はかけつけた。義雄はすぐ上の姉のたよを呼んで、寝ずの看病をした。

しかし、三月二十五日、午前八時、繁は、息を引き取った。

死の枕辺には、母は、いなかった。義雄とたよと、加野宗三郎の三人が、看取った。

繁は、二十八才の命を、終えた。

残された絵は、七百枚近い。散逸したその絵を私財をはたいて、買い集めて、保存したのは、梅野満雄だった。

参考文献

仮象の創造　青木繁
青木繁と画の中の女　中島美千代
青木繁と坂本繁二郎　武藤寛
青木繁その愛と彷徨　北川晃二
青木繁の人と芸術　河北倫明
青木繁美術全集
古事記　真福寺写本
古事記伝　本居宣長

あとがき

青木繁が、館山市布良、当時は相浜布良に来たということを知ったのは、昭和六十年代でした。阿由戸の浜に、ユースホステルがあり、民宿が盛んでした。八丈すすきのやぶが茂った中に、「海の幸」のモニュメントがあるということで、見にいったこともありました。

釣り船を出してもらい、布良先で、友人四人と、アジを釣ったことがありました。初めての体験で、私は、船酔いをして、釣りどころではなく、真夏の太陽に焼かれながら、船べりでげこげこやっていました。

海は底なしにどよめき、一定の場所にいるためには、スクリューを廻していないと流されてしまうのでした。波はなく静かなのですが、黒潮の流れが、うねりをあげていました。

小アジ、イサキなどが、たくさん釣れたのです。

船上での体験は、貴重でした。海の胃袋の中に呑み込まれたようでした。

このころ、青木繁・「海の幸」を深く愛したかというと、そうではありませんでした。

まだ、特別に好きと言うことにはなりません。では、いつごろからといえば、青木繁が、写生に来て泊まった家が今もあるということで、小谷家を訪問してからです。

さらに、「海の幸」の中に、女の顔があり、あれは後に繁が描き直したもので、恋人の福田胤という少女であると知って、繁のロマンスがほほえましくなりました。

そんなこんなで、青木繁をもっと知りたいと思いこのようなものを書きました。

調べていくうちに、明治三十八年には、繁と胤は、わが家の下の「木の根街道」を歩いたかもしれないとわかり、親近感は深まりました。

青木繁は、明治の時代風潮の中で育てられた精神をもった若者だったことがわかります。日本は、世界の列強の食い物にされないために、自国の誇りにめざめ、国をまとめることに熱心でした。一つは、富国強兵、二つ、学問の普及、三つ、古来の国学の発掘。四つ、芸術の探究。怒濤のように押し寄せる欧米の文化、文明に、翻弄される明治の人々の中の一人が繁なのです。

繁の亡くなった一年後に、明治天皇も崩御されました。

繁は、日本が近代化する、その時期にぴったり一致する一生を過ごします。熱く、自我をかかげ、やや狂乱的に突進しています。しかし、たくさんの友人に支えられました。苦しいときもありましたが、希望がなくなることはありませんでした。芸術が一生を支えてくれました。

かわな静（かわな　しずか）
千葉県生まれ。早稲田大学文学部卒業。
創作「神さまのいる村」―白間津大祭物語
（ひくまの出版）
「シイの実のひみつ」（けやき書房）
「くろねこカックン」（銀の鈴社）
詩集「花のごはん」（てらいんく）
（社）日本児童文芸家協会会員
（社）日本児童文学者協会会員
（社）日本詩人クラブ会員

青木繁とその情熱

発行日　二〇一一年七月十日　初版第一刷発行
著　者　かわな静
表紙絵　青木繁「海の幸」
発行者　佐相美佐枝
発行所　株式会社てらいんく
〒二一五-〇〇〇七　川崎市麻生区向原三-一四-七
TEL　〇四四-九五三-一八二八
FAX　〇四四-九五九-一八〇三
振替　〇〇二五〇-〇-八五四七二
印刷所　株式会社厚徳社
2011 Printed in Japan

ISBN978-4-86261-085-0 C0023
落丁・乱丁のお取り替えは送料小社負担でいたします。
直接小社制作部までお送りください。